「いつかどなたかに披露できるといいですね。先ほどの水色の上下やら、白のTバックやら、黒の総レースの上下にガーターベルトとストッキングのセットやら」
「なっ!?」

「傭兵に依頼の斡《あっ》旋《せん》をするのが受付の仕事です。それを拒否するなんてことはありえません」
アルフォンス・ゼイストール
ユーリィ・プリリエラ
俺は思わず目頭が熱くなった。姉さんの事件以来、殆どの受付嬢が手のひらを返すように俺を邪険にし始めた。でも彼女だけが、俺に手を差し伸べてくれた。

Author
土竜
Illust
ハム
02
キモオタモブ傭兵は、
身の程を弁《わきま》える

モブ No.27

「こんにちは。ネイマ商会の護衛参加の方ですか？」

先日に終結した、ロセロ伯爵家とグリエント男爵家の、一枚の絵画が発端となった領地戦争の報酬を受け取ってから2日後。

毎度の事ながら、傭兵《ようへい》ギルドのカウンターで、僕はローンズのおっちゃんと無駄話をしながら次の依頼の吟味をしていた。

「じゃあ、今のところ多いのは商船団の護衛なわけだ」

「ああ、軍と警察が躍起になって海賊狩りをやってるらしくてな。海賊の手配書がどんどん消えてるんだ」

おっちゃんは——こっちの仕事が無くなっちまう——と、どことなく疲れた顔をする。

しかし本来なら、軍や警察が海賊を退治するのは当たり前の事だ。

問題は、何で躍起になってるか。だが、考えたところでどうしようもない。

「でもそれなら護衛は雇わなくていいんじゃ？」

「まあ、海賊がゼロになったわけではないからな。安全をカネで買うのは至極まっとうな考えだ」

おっちゃんは画面《モニター》をこちらに見せてくる。

自分で探せということだろう。

「では、条件の合う奴《やつ》はあるかなと……あ」

「どうした？」

僕の声に、コーヒーではなくミネラルウォーターを手にしたおっちゃんが声をかけた。

「これ。あのヒーロー君をえこひいきした侯爵家だ。今度は10人になってる」

おそらく彼の姉が犯罪者になったことから、専属を解約したんだろう。

「そのヒーロー君がエライことになったから、今回はまっとうな依頼を出したってとこだな」

おっちゃんもはっきりは言わないが、その辺りを示唆しているのは間違いない。

「受ける人いないと思うけどね」

以前やらかした事がやらかした事だけにかなり厳しいだろう。

やらかし侯爵の依頼を無視し、画面《モニター》に映る仕事の依頼を閲覧《スクロール》していくと、1つの依頼に目が止まった。

「お、受付期限が今日までの商船団護衛がある。募集人数は6名・ミーティング日は明日の13時にNo.53の会議室《ミーティングルーム》。出発は3日後、明々後日《しあさって》の午前9時で、募集人数が6人であと1人か。うん。報酬も平均だしこれにするか」

「ミーティングには遅れるなよ」

ミーティングとは、こういった商船団護衛のような、小規模複数人での依頼の場合に行われる護衛計画《プラン》の打ち合わせだ。

以前は当日に行き当たりばったりでやっていたために、トラブルやミスが多発していたらしい。

さらに出発日がミーティングの翌日でないのは、ミーティングでもめて、募集のやり直しなんて場合があるからだ。

そうして手続きを済ませると、改めて『パッチワーク号《じぶんのふね》』の点検をするため、駐艇場《ちゅうていじょう》に向かった。


翌日僕は、昼食を早めに済ませて傭兵ギルドの会議室《ミーティングルーム》のあるエリアに来ていた。

ここには120もの会議室《ミーティングルーム》があり、緊急時には避難用宿泊施設にもなる。

えーと今回の会議室《ミーティングルーム》は……№53……ここだな。

ちなみに集合時間の10分前に到着が、遅刻をしないコツだ。

誰もいないと思うが一応ノックをしてみる。

「どうぞ」

が、返事があって驚いた。

まさかこんなに早い人がいるとは思わなかった。

「失礼します」

「こんにちは。ネイマ商会の護衛参加の方ですか？」

中にいたのは、明らかなイケメン青年と、ライトグリーンの髪色の美少女だった。

青年は爽やかな笑顔を向けてくるが、美少女の方は『せっかく2人きりだったのを邪魔しやがって』といった表情だ。

「ああ、参加者で間違いない。君たち2人も関係者でいいのかな？」

「はい。自己紹介は集まってからでいいでしょう」

必要最低限の会話を済ますと、彼らから一番遠い席に座った。

それから5分後、

「お、早いんだな。遅刻したかと思ったぜ」

僕よりはるかに歳上《としうえ》の、そしておそらく、ローンズのおっちゃんより歳上の男性がやってきた。

「こんにちは。ネイマ商会の護衛参加の方ですか？」

僕の時と同じように、イケメン青年が声をかける。

「おう。よろしくな」

そのおっちゃんは僕の対面にどっかと座った。

それからさらに3分後、タンクトップにカーゴパンツ、レザーのグローブでツンツン頭という、闇市商店街にたむろしてそうな青年が無言で入ってきた。

イケメン青年が彼に声をかけると、

「こんにちは。ネイマ商会の護衛参加の方ですか？」

「ああ、さっさとはじめろよ」

不機嫌なような、格好をつけているような雰囲気で返事をする。

「あと1人来てないんですよ」

「ちっ！」

しかしまだ人数が集まってないことを告げると、舌打ちをし腕を組んで黙りこくってしまった。


そして2分後の集合時間ギリギリの13時。

「やーわりぃわりぃ！　時間あると思っててメシ食ってて遅くなっちまった！」

背の高い、筋肉質な女性が入ってきた。

発言から考えるとかなり時間にルーズな人のようだ。

「遅せえんだよ！」

「ん？　でもギリギリ遅刻はしてねえだろ？」

闇市青年が文句をいうが、何処《どこ》吹く風だ。

「ネイマ商会の護衛参加の方で間違いないみたいですね」

イケメン青年は少し困った顔をしながらも、話を進行させた。

「ではまず自己紹介といきましょう。僕はアーサー・リンガード。階級は城兵《ルーク》です」

「私《わたくし》はセイラ・サイニッダ。階級は兵士《ポーン》です。近いうちにセイラ・リンガードになる予定です」

僕より早く来ていた2人は、どうやら恋人同士でもあるらしい。

「バーナード・ザグだ。階級は兵士《ポーン》だ」

その発言に、本人以外の全員が——集まった中で一番の歳上が、なんで兵士《ポーン》なんだ？——という顔をするが、

「ああ、ちょっと前まで警官やってたんだが、へまをしちまってな。再就職したんだよ」

という、本人の説明で納得がいった。

「俺はレビン・グリセル。階級は城兵《ルーク》だ。俺の邪魔だけはしないでもらいたいもんだぜ……」

闇市青年はムスッとした表情を崩さず、うざったそうに自己紹介をした。

多分間違いなく闇市商店街の常連だな。

「あたしはモリーゼ・ロトルア。階級は騎士《ナイト》だ」

一番最後に来た彼女は、僕と同じ騎士階級《ナイトランク》だった。

ソバージュな髪型に褐色の肌、高い身長に筋肉質な長身。陽気な雰囲気からの余裕が感じられる

いい傭兵なのは間違いない感じがした。

「僕はジョン・ウーゾス。階級は騎士《ナイト》だよ」

全員が自己紹介をしおわると、イケメン青年＝アーサー君が、僕とギリギリ女＝モリーゼさんを見つめてきて、

「ではミーティングを始めようと思います。普通は一番階級の高い人がしきるんですが……」

と、いってきた。

すると、その彼の横にいるライトグリーンの髪色の美少女＝セイラ嬢は、――アーサー様からリーダーの座を奪う奴は許さない――とばかりにプレッシャーをかけてくる。

「僕は仕切りは苦手だからお願いするよ」

「あたしもだ」

元々リーダーシップを取るのは苦手だから、丸投げ出来るならしておく。

アーサー君は真面目そうだから無茶は言わないだろうしね。

モリーゼさんは純粋な怠惰だろうけど。

そしてその結果に、セイラ嬢は満足げに鼻を鳴らしていた。

「ではまず護衛のポジショニングですが、正八面体《ダイヤモンド》で問題ありませんか?」

「この人数ならそれが一番だな」

おっちゃん＝バーナードが煙草《たばこ》を取り出しながら同意する。

正八面体《ダイヤモンド》というのは、護衛する船を中心にして、前後左右と上下に護衛を配置するものだ。

「後は誰を何処に配置するかですが」

「上下には探査の広い船が定番ですわね。私《わたくし》の船の探査距離は20億㎞ありますから、任せていただいてもよろしいかしら？」

アーサー君の言葉に、セイラ嬢が名乗りをあげ、

「あ、僕のも同じぐらい広いんで」

僕も名乗りをあげると、ものすごい形相で睨《にら》んできたが、

「では御二人《おふたり》で上下をお願いします。頼むよセイラ」

「はい！　おまかせください！」

アーサー君に声をかけられると一瞬で表情が蕩《とろ》けていった。

「あたしの船は頑丈だけど足が遅いから前でいいかい？」

「俺の船《あいぼう》は火力と速度にかけちゃ他の追随を許さねえからな。後ろで待機させてもらうぜ！」

それぞれすんなりと前後が決まり、

「じゃあ、俺とお前さんが左右だな」

「現場では僕の判断で動いてもらいます。報・連・相は確実にお願いします」

こうして意外にもあっさりと、特にもめること無くミーティングは終わった。

それだけになんとなく不安になるお。

モブ
No.28

「では皆様。2日間よろしくお願いいたします！」

傭兵《ようへい》だけのミーティングが終了した後には、依頼主とのミーティングがある。

このミーティングには必ずギルド職員が立ち会う事になっている。

さらには、依頼主からの要請がなければ基本的に護衛のリーダーだけが参加というシステムになっている。

これは、過去に傭兵が依頼主を脅して不当な報酬を要求したことがあり、その対策として、対面はリーダーだけ、そのうえギルド職員が立ち会うという形になった。

傭兵だけでのミーティングは、このときの報告をやり易《やす》くするためのものなわけだ。

しかし今回は全員の参加を依頼主側が要請してきていた。

はっきり言うと面倒臭いのだが、やっておいた方がいいことではある。

そうして僕たちは、依頼人とミーティングをするために、依頼人がいる会議室《ミーティングルーム》へ向かった。

その会議室《ミーティングルーム》には、立ち会いの職員と、スーツをビシッと着こなしたキャリアウーマンな感じの女性がいた。

彼女は僕達《たち》の姿を見るとさっと立ち上がり、

「初めまして！　ネイマ商会営業部のローヌ・ノストゥと申します。本来なら責任者の部長が来るのが筋なのですが、以前から決まっていた会合参加者の重役がこられなくなったために、出る予定のなかった部長が代理として急遽《きゅうきょ》駆り出されてしまいました。ですので急遽、副責任者の私が代理で罷《まか》り越《こ》しました」

申し訳なさそうに謝罪をしてきた。

ノストゥさんは、20代半ばくらいだろうか、ショートヘアに整ったスタイルをした元気な感じの美人さんだ。

「初めまして。私が今回の護衛のリーダーを務めますアーサー・リンガードと申します」

流石《さすが》はアーサー君。

爽やかな笑顔を浮かべながら、早々に握手の手を差しのべている。

そうして握手をかわすと、僕ら5人も自己紹介をした後、さっそくミーティングが開始された。

とはいえさっきの話し合いでこちらの方針は決まっているので、話し合うのは職員、ノストゥさん、アーサー君の3人がメインだ。

僕らはそれを黙って見守ることになる。

そしてそのなかの1人であるセイラ嬢は、てっきり歯ぎしりをしながら人を殺せそうな視線を、依頼人であるノストゥさんに向けるものだと、僕を含めた4人ともがそう思っていたが、そんなことは全くなく、真剣な表情で依頼人とアーサー君の会話を聞いていた。

ちなみに今回の依頼内容は、

惑星ガライフで開催される新製品発表会へ出展する新商品の輸送。
業務内容：ネイマ商会の大型輸送船1隻の護衛。
業務期間：惑星イッツから惑星ガライフでの受け渡し完了までの、約48時間。
業務環境：宇宙船の燃料支給。ゲート使用料金は依頼主持ち。
業務条件：宇宙船の所持。
宇宙船が破損した場合の修理費は自腹。
報酬：1人130万クレジット・支払いは到着後。戦闘が発生した場合は、危険手当が回数分支払われる。

と、いうものだ。

そうしてスムーズに話が進み、

「では皆様。２日間よろしくお願いいたします！」

本日のミーティングのすべてが終了した。

ちなみに会議室《ミーティングルーム》を出た後モリーゼさんがセイラ嬢に、

「あんたの事だから、てっきり歯ぎしりをしながらあの依頼人を殺しそうな視線を向けるもんだと思ってたけど、よく我慢できたねぇ」

と、笑いながら爆弾を投下したが、

「おそらく、私《わたくし》がアーサー様とべたべたしたり、依頼人のノストゥさんに嫉妬して、仕事そっちのけで彼女を威嚇《いかく》するのではと危惧したのでしょう？　ですが、プライベートや傭兵仲間《なかまうち》の前や、相手が誘惑してきたならともかく、仕事の最中に恋人といちゃついて仕事を疎《おろそ》かにしたり、アーサー様と話しているからといって、睨《にら》み付けて威嚇などしたりしたら、アーサー様の評判まで落ちてしまうではないですか」

と、冷静に返してきた。

それにしては、探査距離で名乗りをあげた時ものすごい形相で睨んできたよね。

まあそのあたりはあんまり気にしない方がいいかな。

ともかく、依頼主とのミーティングが終了したので、そのまま闇市商店街のパットソン調剤薬局に向かうことにした。

目的は言わずもがなだ。

するとなぜか、闇市青年ことレビン君も闇市商店街に向かっていくのが見えた。

まあ、明らかな中二病患者の彼が闇市商店街にくるのはおかしくない。

むしろ溶け込みすぎだ。

それにしても、ここは何時《いつ》来ても怪しい。

休憩用のベンチすら怪しい。

お。あの肉屋さん、『煮え滾《たぎ》る油泥《ゆでい》から産まれし、辛酸たる暗黒の黄金』＝『イカ墨を練り込んだ衣を使ったスパイシーカレーコロッケ』ののぼりがまだ立ってる。

この前食べてみたら、辛いけどなかなか美味《おい》しかったから人気商品になったんだろう。

その肉屋をすぎると、１つの店の前に、レビン君と同じく中二病を患った女性たちが群がっていた。

どうやら御菓子《おかし》の店が店前で屋台をだしているらしい。

そして立てられていた看板には、『樹木の命を宿す、虹色の腸《はらわた》をもつ海の祝福』と、書いてあった。

また訳のわからないものを……ってこれはあれだな。

フルーツフレーバーの餡子《あんこ》とフルーツソースが入った鯛焼《たいや》きだ。

言葉はともかくイラストがあったのでわかりやすかった。

しかも物凄《ものすご》くファンシーなイラストが。

闇市商店街《こ こ》の設定《コンセプト》の真逆だけどいいのかなあ？

ともかくその鯛焼きは、あんこの種類が、イチゴ・バナナ・ミカン・ブドウ・モモ・メロン・マンゴーの7つがあり、ほかにも、定番《レギュラー》として黒餡・白餡・抹茶餡・チョコ・カスタード・キャラメルクリームなんてのが並んでいた。

興味はわいたが、あの女の子の集団に入って買い物はできないのでとりあえずスルーだ。


ほかにも、『禁書入荷』の張り紙がしてある本屋。

『魔剣・妖刀・封魔の縛鎖《ばくさ》半額セール中』の看板が立ててある金物屋。

『宵闇の布。在庫あります』の張り紙がしてある洋服屋《ブティック》などをスルーし、パットソン調剤薬局にたどり着くと、なぜか中二病君ことレビン君もそこにいた。

彼は驚いた様子もなく、

「あんたも裏取りか？」

と、尋ねてきた。

どうやら彼も情報屋《ゴンザレス》の友人の客のようだ。

僕は「まあね」とだけ答えて扉を開けて店内に入った。

「いらっしゃい……意外な組み合わせだ……」

ゴンザレスの口振りから察するに、レビン君がここの常連なのを察することができた。

レビン君は現金《キャッシュ》をカウンターに置くと、

「ネイマ商会の情報と、バーナード・ザグって元警官のおっさんの情報が欲しい」

と、ストレートに情報を要求した。

「わかった。そっちは」

「僕も同じかな。同じ依頼を受けたんでね」

「わかった。1時間ぐらいかな。ブラついてきていいぞ」

ゴンザレスは新聞を置いて現金《キャッシュ》を回収すると、首の辺りで縛っている髪を前にもってきて首の後ろを露《あらわ》にし、うなじにあるコネクターを開け、PCにつながっているコードを取り出した。

「わかった。銃のメンテにでもいってくる」

レビン君はそういうと外にでていった。

「前から客だったの?」

レビン君の姿が消えてから、僕も現金《キャッシュ》を渡しながらそう尋ねてみた。

「最近かな。御菓子屋のおじさんから聞いてきたらしいよ。今フルーツ鯛焼き売ってる」

「肉屋の方が似合う気がするけど」

レビン君は意外と甘党らしい。

案外、銃のメンテナンスついでにあのフルーツ鯛焼きを買いにいったのかもしれない。

さて、僕はいつも通り読書の時間だ。

ちなみにいつも新聞を読んでるゴンザレスだけど、ガラスになっていないカウンターの後ろのPCの下にラノベやマンガが収まっていて、扉が開く音がした瞬間に、新聞に持ち替えているのは知っているけど、言わないでおくのが正解だね。

いまハマってるのは、『リーディング島サーガ』という古いラノベらしい。


それからきっかり1時間後。

情報屋《ゴンザレス》の友人はきっちりと情報を集めてきてくれた。

ちなみにレビン君は、あの女性の集団に交じってフルーツ鯛焼きを買ってきたらしい。

「ネイマ商会は特に目立った事柄はないかな。家電全般にオーディオなんかを製造販売してる真っ当な家電メーカーだよ。今回の依頼は、間違いなく惑星ガライフである新製品発表会へ出展する新商品の輸送だ。依頼の時も説明はされたとは思うけど」

ゴンザレスはコードをコネクターから引き抜くと、ミネラルウォーターを喉《うなじ》に流しこんだ。

その行動に、レビン君は少し顔を赤らめていた。

「次にバーナード・ザグって元警官の人だけど、正式な記録だと懲戒免職って事になってる。どうやらキャリアがしでかした失態を押し付けられたらしい」

「キャリア……つまりはお貴族様って訳か」

「同僚や後輩、一部の上司や世話になったキャリア組なんかが事実無根だと訴えたけど、聞き入れられなかったらしい。警察内ではそのキャリアはずいぶん嫌われてるらしい」

「当然じゃん。すると恨みの方向はあっちか」

それならこっちに対して攻撃をしてくることは無いだろうから大丈夫かな。

ともあれ安全な依頼なのがわかったのはありがたい。

後は本番をきっちりこなすだけだね。

他は、レビン君の視線がちょいちょい情報屋《ゴンザレス》の友人の方に向けられていたのが少し気になったぐらいだ。

モブ No.29
『それは困る！　今回の新製品発表会は我が社の社運がかかってるんだ！　遅れるのはダメだ！』

依頼開始の当日。

さすがに全員遅刻することはなく、出発地であるギルドの駐艇場《ちゅうていじょう》に揃《そろ》っていた。

「初めまして。私が責任者のリーガス・バンドルバンです。今回の新製品発表会は我が社にとって大切な発表会です。迅速かつ安全にお願いしますよ」

生まれつきらしい強《こわ》ばった顔で挨拶をしてきたのが、今回の依頼の責任者である、ネイマ商会営業部部長のリーガス・バンドルバン氏だ。

その後ろでは、中型の輸送船『ランオイタン号』に、社員さん達《たち》が商品や食料などを運び入れている。

なんでもこの輸送船は自社のもので、船を動かす乗組員《パイロット》も社員さんらしい。

僕たちの仕事は、この中型の輸送船一隻を惑星ガライフまで無事に届けることだ。

現在時間は午前6時55分。

出発時間は午前7時。

24時間かけて惑星ガライフ行きのゲートに移動する。（到着予想・翌日午前7時）

夜間時（午後10時から翌朝午前6時まで）は、自動航行装置《オートドライブ》に移行しての3人ずつの4時間交代制の仮眠時間。
ゲートを通過したら、惑星ガライフまで14時間の移動。（到着予想・当日午後9時）
特に問題がなければ38時間で到着・終了となる。
そのうちに、積み込みが終了し、出発とあいなった。

出発してからは実に順調だった。
機械のトラブルもなく。
元警官のバーナードのおっさんのくだらない話に多少うんざりし。
モリーゼさんのいじりにセイラ嬢が真っ赤になったりと。
和を乱すような馬鹿もおらず。
実に平和な時間が過ぎていった。
しかし、8時間ほど経過した頃にレーダーに反応があった。
僕はチェックをした後にアーサー君に報告をいれた。
「あーちょっといいかな？」
『なんですか？』

「2時と3時の間の方向16億㎞の所に、船籍不明の船団《キャラバン》を発見。多分海賊じゃないかな」

『こちらも確認しました。このままのコースだと接触する可能性があります。コースを変更するなり、一旦停止してやり過ごすなりした方がよろしいかと』

セイラ嬢の方も船籍不明の船団《キャラバン》を捉えたらしく、アーサー君に報告を入れていた。

『あたしは異論はないよ』

『面倒は少ねえ方がいいやな』

『判断はまかせる』

残りの3人もセイラ嬢の意見に賛成する。

安全を優先し、迅速に移動するためには最適だろう。

『わかった。依頼人に許可をもらおう。バンドルバンさん。ちょっとよろしいですか？』

『なんでしょう？』

『実は海賊らしい船団《キャラバン》を発見しました。向こうはこちらに気がついていないようですが、このままだと接触する可能性があります。なので、コースを変更するなり、速度を落としてやり過ごすなりしようと思うのですが』

『それは困る！　今回の新製品発表会は我が社の社運がかかってるんだ！　遅れるのはダメだ！』

アーサー君が、海賊の発見とその回避方法を提案するが、部長さんは険《けわ》しい顔でアーサー君の提案を拒否する。

元々強面《こわもて》なためかなかなかの迫力だ。

『しかし、海賊と接触した場合、戦闘になって余計に時間がかかりますし、場合によっては、ご自身と社員の方に危険が伴いますよ？』

だがアーサー君はその迫力に負けずに、提案を実行しなかった場合のデメリットを提示する。

事実、戦闘は時間もかかるし依頼人自身の身も危なくなる。

『部長！　安全のためにもプロの指示に従いましょう！』

ノストゥさんを始めとした社員さん達が、後ろから部長さんに思いとどまるように説得を試みているが、

『ダメだ！　少しでも早く会場に到着しないとダメなんだ！』

部長さんは何をそんなに切羽詰まっているのかわからないが、これはなかなかに面倒だ。

『仕方ない。セイラはそのまま海賊の監視を。ウーゾスさんは引き続き周囲のチェックを』

アーサー君が仕方なくその指示に従おうとした時、『ランオイタン号』の通信の方から、バチッという音が響き、部長さんが画面から消え、

『申し訳ありません。コースを変更する方法をお願いしてよろしいですか？』

その代わりにノストゥさんが現れ、美しい笑顔でアーサー君の提案を受け入れた。

あれ？　今後ろ手に電磁警棒《スタンスティック》があったような……？

しかも以前に通販サイトの『ミルクリバー』で見た軍用の強力なやつが。

いやまあ、自分達の命がかかってるんだからわからなくもないけど、容赦なくいったよね？

意外に怖いなノストゥ《このひと》さん……。


そして提案どおりコースを変更して進んでいると、セイラ嬢から通信が入った。

『ちょっとよろしいですか？』

「はいはい。何事です？」

何か見つかったのかと思い慌ててレーダーを見直すが、変わったところはなかった。

するとセイラ嬢は意外なことを言ってきた。

『まずは、先日睨《にら》み付けてしまってすみませんでした。貴方《あなた》の船が本当に20億㎞の探査が出来ると は思ってなかったものですから』

セイラ嬢が真剣な表情で謝罪をしてきたのだ。

「あー。あの時の。別に気にしてないから」

特に気にはしていなかったのだが、彼女は気にしていたらしい。

『以前、20億㎞の探査ができるといったのに、実際は5億㎞しか出来なかった人がいて、その人のせいで色々不幸なことがあったので……』

なるほど、あの時の視線は疑いの視線というわけか。

いるよね。出来もしないのに大口叩《たた》いて結局迷惑かける奴《やつ》が……。

『そのあたりは見抜けるようにならねえとな。彼氏の尻ばっか追っかけんなよ？』

『なっ！　なにをいってるんですかっ！』

そこにモリーゼさんがちゃちゃをいれてくると、セイラ嬢は真っ赤になって反応する。

完全におもちゃにされてるなあれは……。

雰囲気を変えてくれたのはありがたいけどね。


それから3時間後。

幸いにも、海賊とおぼしき船籍不明の船団《キャラバン》がこちらの進路とはまったくの逆方向に進路を変更し、姿を消していった。

海賊だとしたら、近くに別の獲物を見つけたからということだから厳密には喜んで良いことではない。

それからさらに4時間が経過し、夜間の交代仮眠の時間がきた。

最初の仮眠はアーサー君・セイラ嬢・バーナードのおっさんの3人だ。

強力なレーダー持ちの僕とセイラ嬢が同時に休憩は出来ないし、セイラ嬢の希望を叶《かな》えてやろうとすればこういう形になるのは必然だ。

『ランオイタン号』の方も交代睡眠の時間になったらしく、当直らしい人が軽く挨拶をしてきたりした。

実際のところ、護衛の仕事で一番辛《つら》いのはなにもない時間だ。

何も起こらない方がいいが、何もないと退屈になり、眠くなってくる。

さらには、僕やセイラ嬢のように強力な探査装置《レーダー》をもっている場合、レーダーの変化を見逃すわけにもいかないから、どんな退屈で眠くなっても眠ってはいけない。

そういう時にありがたいのは無駄におしゃべりをしてくる奴なのだが、一番しゃべりそうなモリーゼさん。いや、モリーゼはしっかりと眠りこけていやがった。

いびきもしっかり聞こえるので間違いない。

とりあえずあいつの回線だけに繋《つな》いで、大音量の警告音《アラート》でも流してやろうと思っていたところ、

『よう。ちょっといいか？』

レビン君が話しかけてきた。

彼から僕に話しかける話題は無いように思えるが、いったいなんなのだろう？

『あんた、情報屋のパットソンとは長いのか？』

すると会話に出てきたのは情報屋《ゴンザレス》の友人の話だった。

「高校からの友人だからね」

それを聞くとレビン君はちょっとだけ驚き、

『だったら、好きなものとか知らないか？　食べ物でもアクセサリーでもなんでも良いからさ！』

熱のこもった質問を投げ掛けてきた。

なんだろう？　これはあれか？

もしかしてレビン君はゴンザレスに惚《ほ》れてるってやつなのか!?

そういえばそんな感じは……あったのか？

それを考えるとゴンザレスは正体を話してないのだろう。

まあ、聞かれない限り答えないと思うけどね。あいつの性格からすると。

だとすると、早めに真実を話してあげた方がいいのか？

それとも、――自分ではないが恋人がいるはずだよ――と、真実を知らないうちに失恋させてやり、前を向かせた方がいいのか？

「こ……高校の時はアニメやラノベが好きだったし、今でも好きだと思うよ……」

しかし僕はどちらも告げる勇気がないので逃げに走った。

ちなみにゴンザレスは僕のオタク仲間でもあるので、アニメやラノベが好きなのは真実だ。

『そ、そうなのか……』

微妙な顔をするレビン君。

まあ、いまのゴンザレスのキャリアウーマンみたいな外見からは想像しづらいよな。

それから彼は、なんかの、まあ間違いなくその手のサイトを、交代の時間になるまで検索していただろうね。


なおモリーゼがずっと寝ていたことは黙っておいて、モリーゼ本人が、『私を起こす時は大音量の警告音《アラート》にしてくれ。それじゃないと目が覚めないからね。よろしく頼むよ』と、言っていたとセイラ嬢に連絡しておいた。

サボった罰はしっかりと受けてもらわないとね。

モブ No.30

『ライバル会社じゃないか！　速度をあげろ！　連中より少しでも早く惑星ガライフに到着するんだ！』

レビン君の相談？　に答えた後、アーサー君達《たち》と交代して4時間の仮眠をしっかりと取る事ができた。

朝6時になった時は、朝6時《そのじかん》になるまでの8時間、しっかりと眠りこけていたモリーゼは、セイラ嬢からの大音量の警告音《アラート》で叩《たた》き起こされて文句をいってきたが、担当時間も寝ていたことを指摘されると大人しくなった。

そのあとは、スタンガンでの気絶の影響がようやく抜けた部長さんに夜間の報告などをすました午前6時50分には、惑星ガライフ行きのゲートに到着していた。

ちなみにこのゲートから1億5000万㎞という近い距離に、主系列星の恒星。つまりは太陽があり、まさに太陽に向かって開く巨大な『サンフラワー＝向日葵《ひまわり》』といった雰囲気があった。

予定より早く到着したことから部長さんは大喜びし、

『よし！　すぐにゲート通過だ！』

と、鼻息を荒くして船を進めようとした。

しかし、

『申し訳ありません。今チェック中でして。あと10分ほどお待ちください』

と、ゲート管理側からの待ったがかかった。

部長さんにとってそれは許されない一言だったらしく、

『そんなチェックぐらいどうでもいいだろう！　早く通してくれ！　こっちは急いでいるんだ！

社運がかかってるんだぞ！』

と、昨日同様に盛大に癇癪《かんしゃく》を起こしたその瞬間、ノストゥさんが部長さんの後ろに立っていた。

しかし彼女の出番が来る前に、

『では事故が起こった場合、全て貴方《あなた》の責任にしてかまいませんね？　会話を録音し、船名と責任者のお名前は控えさせていただきましたので、言い逃れはできませんよ？』

というゲート管理コロニーの女性通信士《オペレーター》の一言に、

『い、いや……それは……ちょっと……』

『では、10分ほどお待ちくださいね♪』

と、あっさりと沈黙させられてしまった。

あの女性通信士《オペレーター》さん、部長さんを一発で黙らせるとは流石《さすが》だ。

そしてせっかく休憩時間ができたのならと、アーサー君が代表して女性通信士《オペレーター》に向こうの現状を訪ねてみた。

『あの。ゲートの向こうはどうなってますか？　交通量とか事故とか天体現象《おてんき》とか』

すると女性の通信士《オペレーター》は、一瞬獲物を見つけたハンターのような表情をしたが、次の瞬間には笑顔をまじえつつの、こまった表情を浮かべた。

『実は海賊による被害が増えてるらしいの。やっぱり家電メーカーの新製品発表会があるからなんだろうけど、それにしても多いのよね。軍と警察が躍起になって討伐しているのに』

『それは……奇妙ですね』

確かに奇妙な話だ。

そもそも『軍と警察が躍起になって海賊狩りをしている』から貨物の輸送が増え、今回の依頼が発生したわけだ。

であるにもかかわらず、海賊の被害が増えているというのは、惑星ガライフで家電の新製品発表会があるとはいえなにかしらの原因があるはずだ。

そんな事を考えているうちに10分が過ぎ、

『よし！　10分経《た》ったぞ！　早くゲートを通過させろ！』

また部長さんが騒ぎはじめた。

いやいや、ちゃんと順番がありますからね？

それにゲート自体が大きいから10隻ぐらいは同時に入れるんだから焦ることもないのに。

いい加減学習した方がいいと思うんだけどなぁ。

ほら。後ろでノストゥさんが笑顔になってる……。


ともかく無事にゲートを超える事ができ、改めて惑星ガライフへ向けて出発した。


いままでの道程が順調であっただけに、なんとなく言い知れない不安が襲ってくる。

それでも何事もなくゲートを通過してから5時間。

ちょうど昼食の時間になったので、携帯食《エネルギーバー》のチーズ味とプラボックス飲料のコーヒーで食事を済まそうとしたところに、レーダーに反応があった。

「7時の方向に船影発見。2隻いるかな?」

『こちらも確認しました。確かに7時の方向に2隻。船体コードは……サンシャイン《S》・ツリー《T》・エレクトロニクス《E》のものです』

セイラ嬢の方も発見したらしく、早速船体コードまでチェックしたらしい。

どうやら向こうも、同じところに同じ理由で向かっているのだろう。

『ライバル会社じゃないか！　速度をあげろ！　連中より少しでも早く惑星ガライフに到着するん

だ！』

そして早速部長さんが反応し、我《わ》が儘《まま》を言い始めた。

しかも運の悪いことに、ノストゥさんがブリッジに居ないらしい。

そしてなんと操舵手《そうだしゅ》を押し退《の》けて舵《かじ》をにぎり、スロットルを開いてしまったのだ！

『うおっ?!　なんだ！』

そのせいで、先頭のモリーゼがいきなり速度を上げた『ランオイタン号』に驚き、衝突回避のために慌てて舵を切った。

もちろん僕を含めたほかの5人も同様に衝突回避の行動をとった。

『なにしやがるんだテメエこのクソ部長！』

『ぐはっ！』

『ランオイタン号』のほうも、操舵手の社員さんが部長さんを殴り倒して直《す》ぐに舵を取り返し、僕たちとの衝突を回避した。

安全のために十分に距離を取っていたのが幸いし、誰とも衝突することはなかった。

すると次の瞬間、一発のビームが『ランオイタン号』と僕らの船の間を突き抜けていった。

もし全員が回避行動をしていなかったら直撃していたかもしれない。

ビームの来た方向は背後。

つまり、撃ってきたのはサ《S》ンシャイン・ツ《T》リー・エ《E》レクトロニクスの船ということだ。

いくら新製品発表会で勝利するためとはいえここまでやるとは……。

企業のお偉いさんってのは何を考えているんだか。

そんなことを考えながらも、船首をサンシャイン《S》・ツリー《T》・エレクトロニクス《E》の船に向けるために旋回していたところに、アーサー君の声が響いてきた。

『「ランオイタン号」はそのままこの宙域を離脱！　セイラは追従しながら軍と警察に通報！　残りは反転して迎撃を！』

お見事な即時の判断に、全員への的確な指示。

僕には真似《まね》出来ないね。

『了解しました！　アーサー様御武運を！』

『「ランオイタン号」了解！　全速力だ！』

その指示に従い、『ランオイタン号』とセイラ嬢は全速力で宙域から離脱していく。

さあ、もう一つの仕事《せんとう》の開始だ。

☆　☆　☆

それにしてもあの部長さんの我が儘のお陰で助かったのはなんとも複雑だ。

【サイド：サンシャイン《S》・ツリー《T》・エレクトロニクス《E》？】

船のブリッジ。

「馬鹿野郎！」

ビジネススーツをきっちりと着こなした、エリートビジネスマン風のイケメンが、対照的な荒くれ者といった感じの服装をした男を殴り付けた。

「おれが合図するまで絶対に撃つなっていっておいたよな？」

ビジネスマン風のイケメンは、殴った男の胸ぐらを摑《つか》むと再度殴り付けた。

周りにはブリッジのクルーがいるが、誰1人としてそれを止めようとはしない。

「だって、いきなりスピード上げやがったから逃げたと思って……つい」

殴られた男は鼻血を出しながら弱々しく反論するが、ビジネスマン風のイケメンは聞く耳をもたず、

「てめえのせいで計画を断念しなきゃいけなくなったじゃねえか！」

また男を殴り付ける。

「すみませんっ！　ですがっ！　あのまま逃がしちゃ不味《まず》いと思ったから撃ったんです！　まさかかわすとは思わなかったんです！」

そして男の再度の言い訳に、ビジネスマン風のイケメンはついに我慢の限界に来たらしい。

「思わなかったんです。じゃねえよ？　あ、お前、わざと撃ったろ？　俺様の超絶に頭のいい完璧な計画をオジャンにするためにわざと撃ったろ?!」

「そっそんなことはっ！」

「あれだ。おまえどっかのスパイか。だよなあ♪　でなきゃ俺様の超絶に頭のいい完璧な計画を邪魔するわけねえもんなあ！」

ビジネスマン風のイケメンは、自分の推理に納得しながら笑みを浮かべ、懐《ふところ》から熱線銃《ブラスター》を取り出し、引き金《トリガー》を引いた。

「片付けろ」

動かなくなった男には見向きもせず、ビジネスマン風のイケメンは前面にうつる獲物を睨《にら》み付けていた。

「ちっ！　スパイのせいでこれが最後になっちまったぜ……。よし！　お前ら！　最後の獲物だ。逃がすなよ！」

「「「「「「「「おーっ！」」」」」」」」

モブ No.31

『僕が一方の船を引き付けます！　その間にもう一方の船を航行不能にしてください！　撃沈は駄目です！　捕縛しないと！』

2隻とも、外見は間違いなくサンシャイン《S》・ツリー《T》・エレクトロニクス《E》の船だが、どちらの船も明らかに武装が数多くついている。

おまけに無人機まで繰り出してきた。

どうみても真っ当な輸送船ではない。

あの会社は、特に悪い噂《うわさ》もないまともな会社のはずなんだけど……裏ではなにやってるかわからないもんだね。

って、それだったらあんなに堂々と会社のロゴを付けるわけはないし、船体コードをさらしてたりしないっしょ！

多分ライバル会社の陰謀かなんかなんだろうな。

そんなことを考えてると、アーサー君から指示がとんできた。

『僕が一方の船を引き付けます！　その間にもう一方の船を航行不能にしてください！　撃沈は駄目です！　捕縛しないと！』

その指示で彼が何をするか全員が理解し、

『だったら俺がフォローに回る。きっちり黙らせてやるぜ！』

レビン君は即座にアーサー君の向かう船に向かい、

『さて。俺達《たち》年寄りも、一働きしねえとな』

『アタシはまだ30前だ！』

『あの2人よりは年寄りだろうが』

バーナードのおっさんの言葉に、モリーゼが噛《か》みつきながら、僕と一緒にもう1隻の船に向かっていった。

すると当然、無人機が迎撃しにやってくる。

『あれはアタシがやる。でかいのはまかせるよ！』

モリーゼは障壁《バリア》を展開しながら、無人機の群れに向かっていく。

『となると俺達があのでかいのだな。頼むぞ若いの』

『了解。フォローに入りますよ』

そして僕は、バーナードのおっさんと一緒にもう1隻の船に向かっていった。

☆　☆　☆

【サイド：サンシャイン《S》・ツリー《T》・エレクトロニクス《E》？】

『左舷《さげん》第4砲塔大破！』

『第1第3噴射口《ノズル》やられました！』

『くそっ！　障壁発生機《バリアジエネレーター》がイカれちまった！』

ブリッジの船長席にいるこの俺様の耳には、大金を永続的に得ることのできるこの船がどんどんとダメージを負っていく報告ばかり入る。

「無人機は何やってるんだ?!　出したはずだろうが！」

「すでに3分の2が撃墜されてます！」

「有人機もあるだろうが！　出せ！」

くそっ！　サンシャイン《S》・ツリー《T》・エレクトロニクス《E》の船を鹵獲《ろかく》して改造、民間船だと思わせて、サンシャイン《S》・ツリー《T》・エレクトロニクス《E》以外の会社の船を襲撃して鹵獲《ろかく》し、商品は他国に、乗員は帝国内で売り飛ばす作戦は大成功だ。

その事実を携えた上で、サンシャイン《S》・ツリー《T》・エレクトロニクス《E》に対し、俺様の活動の結果による発表会での優勢と、他社商品の品物不足による売り上げの増加を条件に、月の売り上げの30%を毎月上納させる契約を突きつける。

契約をしないなら、今までの行動はサンシャイン《S》・ツリー《T》・エレクトロニクス《E》に雇われてやったと帝国中に大々的に流すだけだと通達する。

この俺様の完璧な金の成る木を作る計画が！

勝手に判断して発砲した無能のせいで！

こんなに簡単に破綻するなんてありえねえ！

『こちら貨物室！　搬出用のハッチが破壊されて開きません！』

さらには他の部下共も、

「ビームで扉をぶち壊せばいいだろうが！」

『了解！　よぉし！　全員どけ！』

このぐらいの知恵も出ない無能ばかり！

誰だ？　誰の陰謀だ？

一番規模のでかかったカイデス海賊団は軍に滅ぼされた！

一番凶悪だったグリムリープ海賊団も軍と傭兵《ようへい》とレーサーに潰された！

だったら次の海賊のトップに立つのはこの俺様、スタルバ・バンデグロ率いる『バンデグロ海賊団』だろうが！

その潤沢な資金を得るための完璧な作戦を邪魔したのは誰の陰謀だ！

その時軽い振動が起き、

『扉破壊！　有人機出られます！』

という報告があがった。

「よし！　カトンボを落としてこい！」

相手はたった5機。

こっちは20機近くいるんだ、落とせねえわけがねえ！

『よぉし！　張り付いた奴《やつ》らをひっぺが……』

せ！　と、命令しようとした瞬間、物凄《ものすご》い轟音《ごうおん》と振動が俺様の船を襲った。

「貨物室に被弾！　酸素流出確認！　隔壁閉じます！」

なんでだ……なんでたった2機の小型艇に、俺様の船が落とされかかってんだよ！　ふざけんじゃねえ！

「おい！　そういや2号船はどうした？　どうしてこっちの援護をしねえ?!」

俺様は2号船に指示を出す。

しかし返ってきたのは、

『こちら2号船！　こっちも張り付かれて身動きが取れません！』

無能を絵に描いたような返答だった。

くそっ！　これもさっきの野郎が勝手に撃ったせいだ！　あいつが勝手に撃ったから何もかも狂っちまったんだ！

簡単にぶっ殺すんじゃなかった！

もっといたぶって、誰の差し金か聞き出しておくんだった！

そこに俺様をさらにイラつかせる報告があがった。

「新たな船影発見！　軍の船です！　5……6……7……8……全部で12隻！」

ふ・ざ・け・ん・な！

なんで軍が出てくるんだ?!

サンシャイン《S》・ツリー《T》・エレクトロニクス《E》の連中は、自分達の仕業《しわざ》だとばれたらヤバいんだから
だんまりをきめこむはずだろうが?!

なんで！　なんで、俺様の思ったとおりにならないんだよ！

『現在戦闘中の全機体へ。即座に戦闘を中止しろ。繰り返す。即座に戦闘を中止しろ』

忌々しい軍からの命令があってようやく、俺様の船への攻撃がやんだ。

「いまだ！　全速力で飛ばせ！」

馬鹿正直に止まる必要はねえ！

2号船をいけにえにして、俺だけでも逃げおおせてやる。

しかし、俺様の船は、そこから1㎜たりとも動く事はなかった。

★　★　★

サンシャイン・ツリー・エレクトロニクス《STE》の船を2隻とも無力化したタイミングで軍が現れ、その2隻を包囲していった。

『アーサー様！　ご無事ですか？』

その軍を引き連れてきたセイラが、仕事モードを解除し、生身なら飛び付いてキスの雨を降らさんばかりにアーサー君に声をかけていた。

アーサー君の実力なら充分に生き残れるだろうけど、何が起こるかわからないのが戦場だから、彼女の心配は当然だろう。

僕を含めた4人の心配もして欲しいものだけど、恋人とでは扱いの差があって当然だろう。

ちなみに輸送船『ランオイタン号』は、少し離れたところに軍艦と一緒に待機しているらしい。

感動？　の再会も終わり、では改めて依頼を再開しようとしたときに軍の船から通信《コール》が入った。

『お見事ですね。たった5機で改造戦闘船2隻を無力化なんて』

その画面《モニター》に姿を現したのは、黒髪に紫の瞳で白い肌の有名人、プリシラ・ハイリアット大尉だった。

親衛隊のプロパガンダの御姫様《おひめさま》がなんでここに？

6人全員が困惑しているところに、

『指揮をなさったのは……貴方《あなた》ですよね？　ええと……アーサー・リンガードさん？』

ハイリアット大尉はごく自然にアーサー君に声をかけた。

僕はともかく、バーナードのおっさんや騎士階級《ナイトランク》のモリーゼもいるのに、迷うことなく、アーサー君に声をかけた。

すごいなー。次期有能株をばっちり狙い撃ったお。

まあ、セイラ嬢から聞いていたのかも知れないけど。

『はい。皆さんが指揮を任せてくれたので、僭越《せんえつ》ながら執らせていただきました』

アーサー君は自分を謙遜？　しながらも丁寧に返答する。

『そうなんですね。貴方のような優秀な方が軍に入ってくれると、心強いのですけどね』

ハイリアット大尉は、ちょっぴり期待するような表情を浮かべながらアーサー君を見つめる。

あざといアピールだが、出来れば優秀な人材を軍に集めておきたいという上層部からの方針を実行しているのだろう。

あれにやられて軍に入った連中は多いらしい。

そして今回はアーサー君狙いか。

ここに居たことは偶然なのだろうが、とりあえずコナはかけておこうって感じか。

それでアーサー君が入隊すれば儲《もう》けものだ。

勿論《もちろん》。それを絶対に許さない人物がいる。

『ハイリアット大尉殿？　犯罪者逮捕の指揮は執らなくてよろしいんですか？』

『あ、はい。指示はしてありますので問題はありませんよ』

そう、セイラ嬢だ。

明らかに慇懃無礼《いんぎんぶれい》な感じでアーサー君との会話をブチ斬り、

『そうですか。では私達はまだ仕事がありますので失礼いたします。アーサー様、私達の仕事を再開しましょう。皆さん。行きましょう』

アーサー君を自分の方に引き寄せるべく指示を出した。

そうして直《す》ぐに速度をあげ、『ランオイタン号』の待機場所に向かっていった。

ちなみにハイリアット大尉は、セイラ嬢の迫力にしばらくはぽかんとしていたが、

――あのお2人は恋人だったのかしら？　でもあのアーサーさんは欲しいなー（人材的に）――

と、蠱惑的《こわくてき》な笑みを浮かべながら呟《つぶや》いたとか。

噂だけど。

モブ No.32

「あら？　ウーゾス様ではございませんか」

向こうの星、惑星ガライフで報酬を受け取った後。

僕たちは解散し、各自バラバラの行動をとった。

どうして往復で仕事を受けないのか？

理由は簡単。依頼人が片道分しか依頼していないからだ。

往復の依頼もあることはあるが、復路が開始されるまでの待機料金が発生する事になる。

待機する期間が長いとかなりの出費になるため、大抵は片道だけだ。

ちなみに解散した後は、
レビン君は海賊討伐。

バーナードのおっさんは休暇。

モリーゼは別の護衛依頼に。

アーサー君とセイラ嬢は、今回の事件解決の立役者として軍のレセプションに呼ばれている。

僕は、幸い惑星イッツへのゲートが近くにあったので直《す》ぐに引き返すことにした。

ちなみにレセプションへの招待状は、僕とバーナードのおっちゃん以外には届いたらしい。

まあ例え届いたとしても辞退していたので問題はない。

ちなみにあの部長さんは、船の舵《かじ》を勝手に動かしたことと、社員の命を危険にさらすような判断を何度もしたことで平社員に降格したらしい。

緊急事態以外で免許のない人が船の舵を勝手に動かした場合、間違いなく逮捕案件なのだが、そのお陰で命拾いしたのも事実なので、緊急事態だったということにして逮捕だけは勘弁してもらったらしい。

癇癪《かんしゃく》持ちで我《わ》が儘《まま》ではあったが、部下の手柄を横取りしたり、自分の失敗を部下に押し付けるような人ではなかったらしく、さらには自分の非を素直に認めたのも情状酌量があった理由だろう。


行きと違って護衛の必要がない上に、方向の問題で使用できるゲート同士の距離もあり、回り道のようになりながらも、のんびりとしたペースで本拠地である惑星イッツに戻って来た時、傭兵《ようへい》ギルドのいつものカウンターではなく、入り口をすぐ入った所にある外来用のロビーのほうでローンズのおっちゃんに出くわした。

いつもの制服姿ではなくスーツ姿ではあったが、なんとなく浮かれた様子だった。

「珍しいねこんなとこにいるなんて。どっかいくの？」

「休暇だ。久しぶりに妻と娘に会うんだよ♪」

ローンズのおっちゃんは、嬉《うれ》しそうにネクタイの結び目を調整する。

「じゃあ僕もしばらく休みかな」

「一応引き継ぎは頼んであるぞ」

「女の子だと酷《ひど》い目に遭うのは間違いないんだけど」

「男だから大丈夫だ」

以前にもローンズのおっちゃんが休みを取った事があり、その時には引き継ぎをした、青い目に緑色の髪をサイドテールにした女性職員に応対をしてもらった。

もちろん彼女に対して失礼な態度は取らないし、しゃべり方《かた》も服装も気をつけた。

街中の色んなお店の女性の店員さんなら、普通に対応してくれる格好や態度だったはずだ。

ちなみに僕が傭兵になって一番最初に話しかけた女性職員には、

「ちっ……。すみません。処理がたて込んでおりますので別の窓口にどうぞ」

と、不機嫌満載であしらわれた事がある。

幸いその彼女はそんなことはなく、なんの問題もなく仕事を紹介し、手続きをしてくれた。

しかしそれを見ていた傭兵の1人が、

「おい貴様！　彼女が嫌がっているのがわからないのか？　とっとと失《う》せろ！」

そういって熱線銃《ブラスター》を向けてきた事があった。

受付の女性職員はそいつに対して抗議をしていたけれど、そいつは聞く耳をもたず、

「大丈夫！　こんな醜い奴《やつ》は直ぐに追い払ってあげよう！」

と、自分の言葉に酔いながら女性職員にアピールをしていた。

ムカついたので反撃してやってもよかったけれど、熱線銃《ブラスター》をぶっぱなされてはマジでやばいし面倒なので早々に逃げた。

後ろからは、そいつの仲間らしい連中が僕に向かってバカ笑いをしていた。

後からわかった事だけど、そいつは有名な貴族のアホボンで、今は女王階級《クィーンランク》になり、首都で幅を利かせているらしい。

今現在あれの後継者みたいな奴がいないとは限らないし、さらにはヒーロー君もいる。

ともかく、あんなのは2度とごめんだし、まともな受付の人達《たち》に迷惑はかけたくない。

ちなみに惑星ガライフで報酬を受け取ったのも男性の職員からだ。

「まあ休みはとるよ」

元々休暇はとるつもりだったので、おっちゃんが帰ってくるまで延長してみることにする。

そこに、ローンズのおっちゃんが耳早い話を振ってきた。

「そういや聞いたぜ。レセプションを断ったらしいな」

「まあね。めんどくさいから」

実際は違うが、否定するのもめんどくさい。

軍としては、誘ったが断られたと言った方が、初めから誘わなかったより体裁が良いからだろう。

そのうちに時間がきて、ローンズのおっちゃんは家族に会うべく、惑星大気圏内の航空機に乗るためにギルドを後にした。

僕もさっさと帰って寝ることにしよう。


さっさと帰って寝るのは確定だけど、お腹《なか》はしっかり減っている。

普段は近所のスーパー辺りで食材を買って帰るのだけれど、今日はふと繁華街に足が向いた。

ここは飲食店が建ち並んでいるだけあって、建物の各部や浮遊看板や宣伝ドロイドにはネオンサインがゴテゴテに装着されている。

立体映像《ホログラム》での厨房《ちゆうぼう》の様子や料理を食べるシーン。店の由来を語ったり、料理を見せて「いかがですか？」と誘ってきたりするものなどが垂れ流されている。

巨大な浮遊板《プラットホーム》の上にある店にいたっては、牽引光線《トラクタービーム》を照射しての客引きをやったりしている。

そんな感じだから、もちろんアルコールを出す店が多いわけだけど、その手の店に入らなければいいだけだし、入ったとしてもアルコールを飲まなければいい。

そうやってなにか美味《おい》しそうな物がありそうな店を探してみたところ、美味しそうなパスタの店があったので、そこで食事を済ませた。

そして、いざ帰宅とばかりに駅に向かっていると、不意に声をかけられた。

「あら？　ウーゾス様ではございませんか」

明らかに僕の名前を呼んだので、声のしたほうに顔を向けると、同じ傭兵で司教階級《ビショップブランク》の女豹《レオパール》こと
フィアルカ・ティウルサッドさんと、彼女の所有するアンドロイドメイドのシェリーさんが居た。

シェリーさんはメイド服だけど、フィアルカ《レオパール》さんはいつものパイロットスーツではなく、ブラウ
スにフレアスカートにパンプスといった、休日のお嬢様といったコーディネートだった。

買い物帰りなのか、２人ともどこかの洋服屋《ブティック》のロゴがはいったバッグを持っていた。

正確にはどちらもフィアルカ《レオパール》さんのものだろうけどね。

「どうも。あの……なにか御用でしょうか？」

僕としては話しかけられる理由がわからないけれど、向こうはなにかあるんだろう。

「いえ。たまたまお見かけしたのでご挨拶をと。ほら。お嬢様もご挨拶しないと失礼ですよ」

「ぐ……偶然ね。仕事帰りかしら？」

シェリーさんに促されてフィアルカ《レオパール》さんも声をかけてくる。

「はい。護衛の仕事から帰って来たばかりです。そちらはお買い物ですか」

「ええ。お嬢様が有名ブランドの新作発表会兼販売会の招待状をいただきましたので、その中で気
に入ったのがあったから購入したのですよ」

シェリーさんは手に持ったバッグを軽くかかげる。

なんのブランドかは知らないけど、フィアルカ《レオパール》さんならさぞかし似合うだろう。

まあ社交辞令も交わしたし、早々に失礼しようなんてことを考えていると、

「そうだ。私はご相伴できませんが、よろしければご一緒にお食事でもどうですか？」

シェリーさんがとんでもない提案をしてきた。

「ちょっとシェリー！　なに言ってるのよ！」

フィアルカ《レオパール》さんも慌てた様子でシェリーさんを問い詰める。

僕としてはフィアルカ《レオパール》さんと話をしているだけでもヤバイのに、一緒に食事なんかしている所を面倒臭い連中に見つかったら、どんな嫌がらせを受けるかわからない。

「すみません。食事は今さっき済ましてしまいまして」

なので、反射的に食事をしたことを告白した。

「そうですか。お仕事帰りとおっしゃっていましたし、無理を言ってはいけませんね」

そしてシェリーさんがちょっと残念そうな表情をした隙に、

「では、これで失礼しますね」

僕は丁寧にお辞儀をしてその場を離れた。

先に食事をしておいて本当によかったお……。

☆　☆　☆

【サイド：フィアルカ・ティウルサッド】

私は早々に立ち去っていく彼《ウーゾス》の背中を見ながら安堵《あんど》のため息をつくと、シェリーを睨《にら》み付けた。

「どういうつもりなのよシェリー！」

「次に会った時には謝罪をするといっていたじゃないですか」

「心の準備もできてないのにできるわけないじゃない！」

シェリーは、昔からこういう時に色々お節介をしてくることがある。

私の事を考えてくれているのは間違いないけれど、こういうところが玉に瑕《きず》なのよね。

それにしても彼がブランドに疎くて助かったわ。

実は新作発表会兼販売会の招待状をくれたお店は、女性用下着《ランジェリー》の専門店だったのよね。

そこにうちのリムジン《くるま》が到着し、トランクにその荷物をいれている時に、

「いつかそれを、どなたかに披露できるといいですね。先ほどの水色の上下やら、白のTバックやら、黒の総レースの上下にガーターベルトとストッキングのセットやら」

「なっ!?」

と、シェリーが囁《ささや》いてきたので思い切り動揺してしまった。

シェリーはくすくす笑いながらリムジン《くるま》に乗り込んでいったので、帰ったら

メイド服《おしおきして》をはぎとってやるわ！

シェリーってば外骨格タイプのアンドロイドなのに、なぜかメイド服を脱ぐのを嫌がるから、お仕置きにちょうどいいのよね。

★★★

翌日は、部屋の掃除を終わらせた後『アニメンバー』へと足を運ぶことにした。

久しぶりのアニメショップはやっぱり落ち着く。

このビルは、アニメ・マンガ・ゲーム・同人誌・トレカ・ホビーなどの全てつまったありがたいビルだ。

この惑星イッツに住むオタクたちは大抵ここにやってくる。

店員は、アニメキャラのコスプレ衣裳《いしょう》を着たり、わざわざ外装をアニメキャラそっくりに換装したりしているアンドロイドまでいる。

そして、傭兵ギルドの一部受付嬢と違い、客によって態度を変えたりはしない。

まあ男性客2人組を見て興奮している女性店員や女性客がいたりはするけれど。

お、僕の好きなマンガの新刊でてる。

あのラノベのコミカライズでたのか。買っとこう。

そんな感じでアニメンバーを堪能していると、不意に声をかけられた。

「お久しぶりですなウーゾス氏！」

そこにいたのは、高校2年からの友人のクルス・アーノイドだった。

「おーアーノイド氏！　相変わらず？」

「二次でも三次でも美少女は尊い。その尊さを追求しているとも！」

クルス・アーノイドは、顔と両腕の肘までを強化外骨格で被《おお》っている、僕とゴンザレスの友人である。

ちなみに学校は違う。

知り合ったのは惑星イッツでの同人誌即売会《コミックマルシェ》の会場だ。

彼は中学に入る直前に、火災事故で両腕と顔にでかい火傷痕《ケロイド》が出来てしまい、クローン再生治療を行ったところなぜか細胞が再生せず、一時はゴンザレスのように全身儀体にということも考えたらしいが、同じような事例で苦しんでいる人のために治療の研究に協力することにしたらしい。

いまではかなり研究が進み、始めは腕全体だったのが、肘から手首までは元に戻り、顔の方も6割は戻っているらしい。

ちなみにかなりのイケボなため、趣味でやってるゲーム実況はなかなか人気らしい。

ちなみに僕が傭兵をやっていると知った時の第一声が、——美少女傭兵には会った？　できればのじゃロリとか最高なんだけど!?——である。

これでも彼は役所の職員だ。

ちなみに役所にはそういう趣味の人が多いらしい。

カレンダー通りの休みで残業もないため、イベントなんかにも行きやすいからだそうだ。

久しぶりな事もあって、適当なファーストフードの店に入り、久しぶりのオタトークを楽しんだ。

どうせなら夜通しといきたかったが、僕もクルスも午後からは予定があったので、昼過ぎくらいで切り上げた。

モブ No.33

「ローンズのおっちゃんが休暇中なんで、ついでに自分も休暇をとることにしたんです。で、ちょうどいいからオーバーホールをしておこうかなと」

クルスとの昼食を終えた後、僕は工業地帯にある工場街へとやってきた。

ここには大小様々な工場が軒を連ねていて、家電は勿論《もちろん》、武器・兵器・計器・機器・バイク・車《しゃ》輛《りょう》・船舶・航空機・宇宙船・アンドロイドなど、機械関係で揃《そろ》わないものはないと言われている。

そしていま僕が向かってるのは、僕の船『パッチワーク号』の購入元だ。

元々その店に置いてあった中古品を買い取り、色んな部品を取り替えたりくっつけたりして作り上げたのだ。

その工場は『ドルグ整備工場』といい、色々なものを修理する工場だ。

依頼されたものは勿論、廃棄されたものや引き取ったものを修理してからの販売もしている。

僕の家の家電や船の兵器なんかもここで揃えている。

「おやっさん、ちわっす」

「よう。久しぶりじゃねえか。くたばらずにすんでるみてえだな」

工場に入るなり声をかけてきたのが、ここの社長のビル・ドルグさんだ。

歴《れっき》とした人間だが、小柄で筋肉質で腹も出ていて髭面《ひげづら》のためか、近所の人やメカニック仲間からは『ドワーフ』なんて呼ばれているらしい。

そして腕のいい職人のイメージのある、『ドワーフ』というあだ名に相応《ふさわ》しく、メカニックの腕は超一流で、噂《うわさ》ではなん十社もの一流企業のメカニック開発部門からラブコールをもらったとか言われている。

そんなドルグさんを、僕は尊敬と親しみを込めて『おやっさん』と呼んでいる。

「なんとか生き延びてますよ」

「で、今日はどうしたぃ？」

「オーバーホールを頼もうと思って」

「デカイ破損でもしたのか？」

「ちがいますよ。ローンズのおっちゃんが休暇中なんで、ついでに自分も休暇をとることにしたんです。で、ちょうどいいからオーバーホールをしておこうかなと」

まあ、仕事を受けるのが命懸けになったからしばらく依頼は受けないつもりだからね。

ちなみにおやっさんはローンズのおっちゃんを知っている。

なんでもローンズのおっちゃんが現役の時に世話になっていたらしい。

「なるほどな。ちょうどドックが空いてるから、明日の10時にはもってこい。書類はいつもの棚にあるから記入しときな」

「わかりました。お願いします」

その一連の会話の間も、おやっさんは車輌のものらしきエンジンの整備を続けていた。

そうして僕がオーバーホール申し込みの書類を書いていると、

「そういやお前は、自分だけの特注武器《スペシャルウエポン》とか載せる気はねえのか？」

おやっさんが不意にそんな質問をしてきた。

これはローンズのおっちゃんにも聞かれたことがある。

新人の時はともかく、ある程度稼げるようになると、そういった特別感のある装備を搭載したくなるものらしい。

船を全停止させてからでないと撃てない高出力ビームであるとか。

船の装甲を貫く為《ため》のドリルの付いたミサイルとか。

船の先端に衝角《しょうかく》の形をした巨大なビームサーベルとか。

先端から牽引光線《トラクタービーム》を発射できる腕型マニピュレーターとかがあるそうで、実際おやっさんのところにもそういった依頼はくるそうだ。

だが僕の返答は決まっている。

「壊れたり弾切れした時に、修理も補充もすぐにはできないじゃないすか。なにより高くつくし」

特別に作るということは、作れる人が限定されるということで、材料も特別なものを使用することになる。

もしそれが壊れたり、何かしら補充しないといけない時に余計な手間がかかるし、材料によっては金もかかる。

だったら簡単に手に入り、値段も抑えられる大量生産品のほうがいい。

もちろん。そういった特注品にロマンを感じなくはないが、命と天秤《てんびん》にかけるほどの度胸はない。

「相変わらずだな。最近の連中はそれこそ必死に載せたがるのによ」

「まあ、強《し》いていえばレーダーかなぁ。あれだけは強力なのにしたから」

とはいえ、20億km探知できるレーダーだってめちゃくちゃ高価ではあったが、ちゃんとした量産品だ。

「まあ、市販の量産品すら使いこなせねえ癖に、自分専用の特注品作ったところで、使えるわけがねえからな」

おやっさんも特注品の注文は受けるそうだが、明らかな新人や、ダメっぽい奴《やつ》からの注文は断るらしい。

たとえそれが貴族であろうと。

許される腕があるからだろうけど、案外おやっさんは貴族の出なのかも知れない。

翌日。おやっさんに船を預けると、その足でギルドに向かった。

ローンズのおっちゃんのいっていた人物を捜すのと、射撃訓練をしにいくためだ。

『傭兵《ようへい》ならある程度は武器ぐらい使えるべき』という考えのもと、傭兵には年に一回の射撃訓練が義務づけられている。

大抵は年末にするのだけれど、ちょうどいいからやっておこうというわけだ。

そうして受付にやって来たのはいいけれど、ざっと見た感じローンズのおっちゃんが使っていたカウンターに新人の受付嬢でも入ったのか、そこに人だかりが出来ている以外、ローンズのおっちゃんの言っていた人物は見当たらない。

暫《しばら》く捜し回るが、まったくもって見つからないのでローンズのおっちゃんに通信《でんわ》をしてみた。

「もしもし」

『おう。どうしたんだ？　そっちから連絡なんて珍しいな』

後ろからはリゾート地らしい人の話し声なんかが聞こえてくる。

「言ってた男性の受付の人居ないじゃん」

『そんなことはないはずだ。名前はアルフォンス・ゼイストール。研修期間を終了して、俺と入れ替わりに入ることになったやつだ。真面目でしっかり仕事をする奴だって聞いてるぞ』

「その人の外見は？」

『えーと、たしか小柄で短い金髪。碧眼《へきがん》で線の細い感じ。だったかな？』

「もしかして本人に会ったことないの？」

『休暇申請したときに、人事の奴に男の受付職員が居ないかどうか聞いて、いるっていうから頼んでおいたんだから間違いはないはずだ。

本当なら、お前とロビーで会った日に対面するはずだったんだが、ゲート近くの事故で向こうの到着が遅れたんだよ。俺も飛行機の時間があったからな、だから指示書を渡すように頼んでおいたんだ。

ああ、もし受付に居ないんなら奥で書類整理をしてる場合もあるから、職員に聞いてみるといい』

「わかった。そうしてみるよ」

それから通信《でんわ》を切って、たまたま歩いていた男性職員にアルフォンス・ゼイストールという人物について尋ねたところ。

「ああ。『彼』ならあそこだ」

その男性職員は、ローンズのおっちゃんが使っていた席のある方向を指差す。

よく考えれば、ローンズのおっちゃんがいないんだからそこが空いていて当然だ。

しかしそこは、例の新人の受付嬢目当ての連中で人だかりが出来ている場所だった。

しかもよく見れば女性も交じっていた。

その人だかりの隙間からこっそり盗み見た結果、その受付にいたのは、小柄で線が細く、金髪・碧眼は間違いなかった。

しかし、短髪ではなくサラサラのロングヘアーを綺麗《きれい》に纏《まと》めた1本お下げ髪だった。

さらに見た目からの年齢は16～17歳ぐらいの美少女だった。

職員は、高等学校卒業か高等学校卒業程度認定《高認》試験合格者が最低条件なので、最低でも18～19歳なのは間違いないのだろうが、だとしたらなかなかの童顔だ。

そしてその声は、どう聞いたとしても美少女の声だった。

さっきの男性職員が嘘《うそ》をつく必要がない事を考えると、あの『美少女』が『男性』であることは間違いない。

つまり、ローンズのおっちゃんが引き継ぎを頼んだアルフォンス・ゼイストールは、いわゆる『男の娘《こ》』だったという事だ！

ローンズのおっちゃんめ！　たしかに男にはちがいないけど、あんなの女の子と変わらないじゃないか！

よし。絶対に近寄らないでおこう。

とはいえ受付を通して申請しないと射撃訓練を受けた事にはならない。

だがまあいつもは年末にやってた感じだから、いつも通りにすればいいか。

とりあえずローンズのおっちゃんにいつ頃帰るか聞いとくかな。

そう思って帰ろうとした時、

「あの。ジョン・ウーゾスさんですよね？」

僕に声をかけてきた人がいた。

「そ、そうですが？　どちら様ですか？」

どちら様もなにもない。

僕が恐る恐る振り向くと、

「初めまして。私はアルフォンス・ゼイストールと申します。昨日より受付業務に配属されました」

さっきまで受付をしていた、どう見てもスーツを着た美少女にしか見えないアルフォンス・ゼイストール氏が、カウンターから出て笑顔で僕に話しかけてきたのだ。

今までカウンターに群がっていた連中全員が、無言でこちらを睨《にら》み付けているが、

――何であいつだけ個別に挨拶してもらってんだ？――

――俺のアルきゅんにあんなブサい野郎が近寄るのは許さねえ！――

――ダメよ！　あんなのはカップリングとして認めないわ！――

とかいう、様々な怨嗟《えんさ》の声がありありと聞こえてくる気がする。

「ど、どうも初めまして。それで、僕に何の用でしょうか？」

僕の見た目なんかは書類を見て把握しているのだろうから特定するのは可能だろうが、呼び止められる理由がわからない。

「そちら様の担当であったアントニオ・ローンズの休暇明けまでの業務は、私《わたくし》が担当を務めさせていただきますので、よろしくお願いいたします」

そう挨拶してきた『彼』の笑顔は、悪魔の微笑《ほほえ》みにしか見えなかった。
本人はそんなつもりはないのだろうけど。

モブNo.34

「はいはい。私は臆病者ですからね。君の勝ちでいいから」

「それで、本日はどのような御用件でしょうか？」

ゼイストール氏は、にこやかな笑顔で僕に用件を尋ねてくる。

「しゃ……射撃の訓練義務を消化しておこうと……」

とにかく用件をすませてここから離れた方がいい。

そうしないと命に関わる。

「了解しました。書類をお持ちしますね」

僕の要件を聞くと、『彼』は笑顔のままカウンター内への入り口に向かっていった。

するといつの間にかカウンター内への入り口前にいたイケメンが『彼』の腕をつかみ、

「なあ、あんな奴《やつ》の相手することないって。仕事なんか放り出して、俺と一緒にどっか遊びにいこうぜ？」

かなり強引なナンパを仕掛けてきた。

『彼』はその手をやんわりと振りほどくと、

「申し訳ありませんが、貴方《あなた》は業務の邪魔です。依頼の手続きかと思えば下らないナンパの台詞《せりふ》ばかり。依頼を受ける気がないならお引き取りください」

ゴミを見るような眼《め》で、そのナンパ野郎を睨《にら》み付けた。

するとナンパ野郎は、

「なんだと？　せっかく俺の女にしてやろうと思って優しくしてやってたのによ！」

と、よくわからない理屈を『彼』に叩《たた》きつけた。

「貴方に優しくしてもらわなくてもけっこうです。それよりもカーステル・サゴテズさん。貴方は現在までに、依頼の失敗・放棄が7回も連続しています。そのうち、最善の結果を出そうとしたもののの、予想外の事態が発生して不可抗力と判断されたものは0件です。これ以上失敗・放棄が続くと、城兵階級《ルークランク》から兵士階級《ポーンランク》に降格になりますが？」

『彼』は淀《よど》むことなくきっぱりといいきった。

「はあ？　なんだそりゃ？　降格なんて聞いてねえぞ！　ふざけるな！」

「ギルドの規約にきっちりと明記されていますよ。それ以前に常識として、仕事を失敗ばかりしていれば評価が下がって当たり前です」

「だったら救済とかごまかしをするのがお前らだろうが！　俺はこう見えて貴族なんだからな！」

「ちなみに今の発言を報告すれば降格は確実になりますが？」

どうやらイケメン＝サゴテズには初耳だったらしく、『彼』に詰め寄るが、『彼』は冷静に切り返していく。

その態度に腹を立てたサゴテズは、

「生意気言ってんじゃねえぞこのアマーっ！」

無思慮にも『彼』を殴りつけるべく拳を振り上げた。

すると『彼』は、サゴテズが放った拳をかわしながらその腕をつかみ、見事な背負い投げで床に叩きつけた。

あれっていわゆる『当て身投げ』って言うんじゃなかったっけ？

そして床で呻《うめ》いているサゴテズに対して、

「それと、何度もいいましたが、私は男です」

と、静かに言いはなった。

美人が怒ると怖いって言うけど、本当にその通りだった。

そうして『彼』はカウンター内に入り、デスクから書類を取り出すと、カウンターを出て書類を僕に手渡してきた。

「こちらに必要事項を記入し、私に提出して下さい。私の方で処理をしたあと、この書類をお返ししますので、地下の射撃場の受付に出してくださいね」

そうにこやかに微笑《ほほえ》むと、またカウンターに戻り、

「次の方どうぞ」

と、笑顔で業務を再開した。

傭兵《ようへい》ギルド・イッツ支部にある地下射撃場は、最大距離100mの射撃・狙撃の訓練が出来るようになっていて、1度に50人程が同時に射撃訓練が出来るところだが、使用している人影はまばらだ。

僕は、船での砲撃はともかく、生身での射撃は苦手だ。

だからというわけではないが、持っているのは1番普及していて値段も手頃な、タテレベム社製出力調節型ブラスターP－11。別名『ムルビエラ』という銃だ。

まずは入場の前に、射撃場の受付で、先ほど処理してもらった書類を提出する。

この書類は射撃の訓練義務を受けるためのもので、射撃訓練自体は射撃場の受付だけで可能だ。

ちなみにこの書類はプラペーパーでできていて、このままファイリングされ金庫に保管される。

この時代にどうして紙の書類でと思うが、以前に義務訓練を受けたくないからと、ハッキングしてデータを改竄《かいざん》したバカがいたため、こういう処理方法になったそうだ。

紙ならハッキングはされないだろうということらしい。

仕事依頼の書類も同じようにプラペーパーに印刷されて、ファイリングされた後に金庫に保管される。

そうして手続きが終わると、指定のボックスに行き、銃の点検・追加弾倉《マガジン》の用意・耳栓《イヤーマフ》の装着などの準備をすませ、備え付けのコンソールに射撃訓練の開始を音声入力する。

すると、約25ｍ先に的が現れる。

それに向けて銃を構え狙いをつける。

訓練内容は１００発で最高1万点。

それで何点とれるかというものだ。

得点が低いからといってペナルティがあるわけではないし、時間制限もないので気楽なものだ。

自分の腕はよくわかっているので、気楽に引き金《トリガー》を引いていく。

30発撃って弾が無くなり、弾倉《マガジン》を取り替えているとき、不意にランプがついた。

耳栓《イヤーマフ》をしていると周囲の音が聞こえないので、話をしたい時はランプを点灯させるのが、ルールでありマナーになっている。

なので耳栓《イヤーマフ》を外すと、

「はっ！　なんだよ。的に当たってるだけじゃないか。そんなヘボい銃の腕で良く傭兵やってるなブサイク野郎！」

いきなり罵詈雑言《ばりぞうごん》が飛んできた。

その声の主はヒーロー君こと、ユーリィ・プリリエラ君だった。

いまの彼の発言は、いわゆる青春ものやスポーツものにでてくる、見下し煽《あお》り野郎な感じだった。

明らかに自分より実力の低い相手を煽って喧嘩《けんか》を売らせ、――本物の実力を見せてやる！――とかいってくる奴だ。

なので、

「射撃の義務訓練中なので邪魔しないで下さい」

と、ばっさり会話を切って相手にしないのが1番だ。

しかし彼はめげなかった。

「俺はお前なんかよりはるかに実力が上なんだ！　その事をわからせてやるから俺と勝負しろ！」

と、言ってきたので、

「別に知りたくないのでしません」

と、言ってやった。

もちろんそれぐらいで彼が折れることはなかった。

「ふん！　負けるのが怖いか？　まあ当然だよな！　お前みたいな臆病者は！」

ヒーロー君はお姉さんのせいで肩身が狭く、傭兵達《たち》から色々と言われている。

それを払拭するべく頑張っているらしいが、なかなかうまくいかないらしい。

そのせいで随分荒れているとは小耳に挟んだけど……。

まったく面倒な感じになっちゃってるよ。

とはいえ相手をするつもりはないので、

「はいはい。私は臆病者ですからね。君の勝ちでいいから」

話を聞き流しながら、規定の100発を撃ちつくす訓練を再開するべく、耳栓《イヤーマフ》を手に取った。

「お前……傭兵としてのプライドはないのか？　俺はお前なんかより強いんだよ！　それを証明してやるっていってるんだ！」

それが気に入らなかったらしく、より一層激しくこちらを罵りつつ勝負を吹っ掛けてくる。

やけに勝敗にこだわるのは、やっぱり今の状況を何とか払拭したいからなのだろう。

だからといってこんな迷惑な方法は止《や》めて欲しいものだ。

「知ってると思うけど、別に自分より上位の人をなんかの勝負で倒したからってその人の階級になれるわけではないよね？　それにそのシステムがあったとしても、なんで自分より下だと思ってる僕に勝負を挑むわけ？　君自身が僕より強いと思ってるんなら、僕以上の人に勝負を挑みなよ。それこそ王階級《キンググランク》の『漆黒の悪魔』なんて異名のあるアルベルト・サークルード氏にでも挑めばいい。いま君がやってる事こそ、自分より弱い奴にしか喧嘩を売れない臆病者の行動じゃないの？」

なので、いままでの事も含めて意趣返しの意味を込めてそう言ってやった。

ブチキレて殴りかかって来るかなと思ったのだけれど、顔を真っ赤にして僕を睨みつけ、そのまま踵《きびす》を返して射撃場を出ていった。

どうやらまだ『恥』の概念は残っていたらしい。

まあ僕が銃を手に持っていたからかも知れないけど。

僕は改めて耳栓《イヤーマフ》を装着し、訓練の続きを始めた。

モブ No.35

「傭兵に依頼の斡旋をするのが受付の仕事です。それを拒否するなんてことはありえません」

☆　☆　☆

【サイド：ユーリィ・プリリエラ】

悔しい……。
悔しい悔しい悔しい悔しい悔しい悔しい悔しい！
あんな俺より絶対に弱い奴《やつ》に言い返せなくなるなんて！
今、俺を取り巻く状況は最悪だ。
姉さんが、俺の知らないところでとんでもない事をしでかしていた。
それが発覚したために、姉さんは傭兵《ようへい》ギルドの追及から逃げ出し、今では賞金首だ。
そのせいで、俺までが姉さんと同じ不正をしていると思われている。
俺はまだ兵士階級《ポーンランク》だぞ！

だから俺は、不正なしで実績を上げる必要があった。

しかし、その為《ため》に依頼を受けたくても、姉さんの事件以来殆《ほとん》どの受付嬢が手のひらを返すように俺を邪険にし始め、依頼を受けさせてくれなくなった。

それで焦っていたのもあって、色んな奴に喧嘩《けんか》を売っていた。

あのキモオタ野郎に喧嘩を売ったのもその流れだった。

なんとなくはわかっていた。

喧嘩を売り歩いて勝利したところで何にもならないことは。

あのキモオタの言葉に改めてムカつきながらも、カウンターのあるロビーに向かう。

すると当然、受付嬢たちは席を立ったり目をそらしたりと、あからさまに俺に仕事を受けさせないようにしてくる。

その時、

「こちらへどうぞ」

と、声をかけてくれた受付嬢がいた。

その彼女《ひと》は小柄で線が細く、碧《あお》い瞳をしていて、金髪でサラサラのロングヘアーを綺麗《きれい》に纏《まと》めた1本お下げをしていた。

見たことがないから新人の受付嬢だと思うが、俺の噂《うわさ》を聞いていないはずがない。

場合によっては何かの罠《わな》という可能性もある。

もしくは受付嬢同士の罰ゲームで、無理矢理やらされているのかもしれない。

だが仕事を受けられる可能性があるなら、藁《わら》でも何でも摑《つか》んでやる！

「仕事を受けたい……」

「階級のチェックを」

「ああ」

俺は言われたとおり、腕輪型端末《リスト・コム》を検査機《チエツカー》にかざす。

「兵士階級《ポーンランク》ですね。では、受注できる依頼はこちらになります」

彼女が見せてくれた一覧《リスト》には、様々な依頼が並んでいた。

それはもちろん兵士階級《ポーンランク》のものだ。

しかし俺の強さなら、あのキモオタ野郎と同じ、いや、それ以上の依頼だってこなせるはずだ！

「王階級《キングランク》の依頼を見せてくれ」

「見てどうなさるんですか？」

俺の言葉に彼女は驚き、怪訝《けげん》な表情を浮かべる。

「依頼を受ける。そして俺の実力を知らしめてやるんだ！」

俺は強い口調で宣言した。

すると、当然と言えば当然の言葉が返ってきた。

「残念ですが無理です」

「どうしてだ？」

「依頼がないんです。王階級《キンググランク》の依頼自体が稀《まれ》なうえに、王階級《キンググランク》の人がすぐに依頼を達成してしまいますからね。すぐになくなるんです」

流石《さすが》は王階級《キンググランク》といったところか。

「じゃあ女王《クイーン》や司教《ビショップ》のでもいい！」

「だめです」

ならばとその下のをと希望したが、それも断られた。

やっぱり嫌がらせか。

仕事を受けさせてやるような空気を作り、その直前で却下する。

何て嫌がらせだ！

そう思って怒鳴りつけようとしたが、すぐに思い止《とど》まった。

なにを馬鹿なことを。

兵士階級《ポーンランク》の人間に、司教《ビショップ》や女王《クイーン》、まして王《キング》の階級の仕事を回してくれるわけがない。

そう改めて理解して深くため息をついた時に、

「貴方《あなた》に何があったかは存じています。で、あるならば。尚更《なおさら》無茶な要求をするべきではありません。身の丈にあった依頼を確実にこなしていくべきです」

彼女は、真剣な表情で俺にそう語りかけてきた。

「でも、次の仕事を受付して貰《もら》えるかどうかわからない……」

俺はその言葉に動揺し、不安を口にした。

すると彼女は、

「傭兵に依頼の斡旋《あっせん》をするのが受付の仕事です。それを拒否するなんてことはありえません」

と、いってくれた。

それはつまり、俺に対してちゃんと受付をしてくれるということだ。

俺は思わず目頭が熱くなった。

姉さんの事件以来、殆どの受付嬢が手のひらを返すように俺を邪険にし始めた。

でも彼女だけが、俺に手を差し伸べてくれた。

「ありがとう！　俺……俺、頑張るよ！」

俺は思わず泣きながら彼女の手を握りしめていた。

★　★　★

射撃訓練を終えてカウンターのあるロビーに戻ってくると、ヒーロー君がゼイストール氏の所で受付をしていた。

その光景は、イケメン若手傭兵と美少女受付嬢のやり取りにしか見えないが、両方とも『男』だ。

ヒーロー君は、お姉さんの事件と、それを理由にかなり荒れていたため、打算で彼に親切にしていた受付嬢達《たち》からは相手にされなくなっていたらしい。

うん。その時の悲しい気持ちはよくわかるよ。

僕はギルドに登録した瞬間からそれが始まり、今でもその状態だからね。

なので彼にとっては、久しぶりにまともに対応してくれた受付じ……受付係なんじゃないだろうか。

彼は感激の涙を流しながら『彼』の手を握りしめていた。

まあ、ローンズのおっちゃんも同じ対応をしてくれたと思うけどね。

そしてその光景から目をそらしている受付嬢と、睨《にら》み付けている受付嬢がいた。

睨み付けているほうが手のひら返しした方かな?

多いなあ……6割はいそうだ。

目をそらしてる方は少しは恥じ入るところがあった人達かな。

そして当然、その『男同士』の光景を目をらんらんと輝かせ、空間に穴が開くんじゃないかと思うぐらい凝視し、過呼吸かと思うぐらいの荒い呼吸をしている、職員と傭兵の女性の集団がいるのは間違いなかった。

傭兵《この》ギルドはもうヤバイんじゃないだろうか?

そして案の定、ヒーロー君を睨み付ける男性の集団がいるのも当然のことだ。

流石主人公サイドの人、どん底から這《は》い上がるためのイベントがすでにスタンバイ済みのようだ。

そうしてギルドの用事を終えて建物を出たときには午後1時をすぎていた。

昼食がまだだったから、コンビニで何か買って帰ることにしよう。

うろついて何かにからまれたらたまったものじゃないお。

そんなとき街頭ビジョンに知った顔が現れた。

『ノスワイル選手！　今回のスタークルスタス杯《カップ》優勝、おめでとうございます！』

『ありがとうございます』

それは、学生時代に僕と同じ事件に巻き込まれて生き残り、現在はプラネットレースチーム『クリスタルウィード』のエースパイロットのスクーナ・ノスワイル嬢だった。

どうやらまたレースに勝ったようだ。

『今回のレースはフリントロック帯《ベルト》での過酷なものでしたが、いかがでしたか？』

『確かにフリントロックは危険ですが、砲撃はしてきませんから』

『なるほど！　さすがに実戦を体験した方は違いますね！』

どうやらノスワイルさんも頑張っているらしい。

現れたのが生身の本人じゃなかったのをほっとしつつ、家路を急ぐことにした。

とりあえず、明日は1日アニメ三昧だお！

モブ No.36

『もちろん。私の遠隔式人型《ひとがた》ボディを製作するためですよ』

ヒーロー君の立ち直りの瞬間を目撃した翌日。

僕は久々に充実した1日を過ごすことができた。

朝起きて朝食を食べたあと、洗濯機を回してからまず部屋の掃除とゴミ捨て。

それが終わる頃には洗濯が終わっているから、洗濯物を畳んでタンスにしまう。

それからその日の分の食料品の買い出しが終了すれば、あとはアニメ三昧だ。

溜《た》めてあった『鬼殺しの剣《つるぎ》』の劇場版や、『呪殺連戦』『薬剤師のつぶやき』なんかを一気見した。

しかしその最高の1日のあとには、憂鬱な半日が来ることがわかっていた。

船が戻ってくるのは嬉《うれ》しいが、それをギルドの駐艇場《ちゅうていじょう》にもっていかないといけないからだ。

普段なら気にすることもない事だが、ローンズのおっちゃんがいないというだけでこんなに不安になるというのはヤバい気がする。

最悪の事態（ローンズのおっちゃんが退職もしくは免職）になった場合、ゼイストール氏は仕事はまともなので、受付をお願いしても大丈夫だろう。

色々弊害はありそうだけど。

男性の受付係も他にいなくはないが、数が少ない上にイケメンがほとんどで、大概女性傭兵《ようへい》がへばりついてたりするため話しかけられないのだ。

まあ駐艇場《ちゅうていじょう》に船を停泊させるだけなら駐艇場《そこ》の管理の人と話して手続きするだけなんだけどね。

そして翌日。

『ドルグ整備工場』に船を引き取りにいった。

「こんちわっす」

「おう、出来てるぞ。代金はいつもどおりだ」

ドルグさん＝おやっさんは何かの修理をしながら返事をした。

「じゃあ、支払いはこっちでお願いしますね」

「あ、はい」

そのおやっさんの代わりに、奥さんが応対をしてくれた。

小柄で筋肉質で腹も出ていて髭面《ひげづら》のためか、近所の人やメカニック仲間からは『ドワーフ』なんて呼ばれているにもかかわらず、奥さんは年齢を重ねている今現在でも美人なのが間違いない人だ。

若い頃ならさぞかしモテたのは間違いない。

なんでも奥さんの方から交際を迫ったらしい。

そうして支払いをしていると、

「そうそう、そいつのエンジンのメーカーが生産を止《や》めちまったらしい。だから修理部品の在庫がつきたら載せ換えを考えとけよ」

おやっさんがとんでもない爆弾を落としてくれた。

「えー!? あのメーカー頑張ってくれてたのに……さすがにエンジンの自作は出来ないからなあ」

「せいぜい壊さないようにするんだな」

僕の船『パッチワーク号』は、元々この店に置いてあった中古品を買い取り、足りない部分や補強のために、色んなパーツを取り替えたりくっつけたりして作り上げたものだ。

とはいえ、エンジンだけは下手な事ができないので純正品を使う必要がある。

なのでもし壊れるようなことがあれば、おやっさんのいう通り、載せ換えをしないといけなくなる。

これからますます慎重にいかないとな。

おやっさんの所で船を受けとると、そのまま傭兵ギルドの駐艇場《ちゆうていじよう》に向かった。

「こちらＥＣＩＭ－９８７０７２。ジョン・ウーゾスです。着陸許可願います」

『こちら傭兵ギルドイッツ支部管制塔《コントロール》。着陸を許可する。Ｊ－９１０に着陸してくれ』

「了解」

そして指示どおり着陸すると、地上にいた管理の職員さんが声をかけてきた。

「いやあ、ありがたいよ。やっぱり実力のある人は違うね」

「いやいや。僕は万年騎士階級《ナイトランク》だから」

職員さんがお世辞を言ってきたので、やんわりと否定した。

「階級は関係ないんだよ」

すると職員さんは首を横に振り、真面目な雰囲気で語り始めた。

「この駐艇場《ちゆうていじよう》は、俺達《たち》職員が台数や利便性、離着陸のやり易《やす》さなんかで停泊位置を決めてる。実力のあるやつはその辺りもきっちりと理解してくれてるから、こっちの指示したところにキチンと停《と》めてくれて、しかも停めかたが綺麗《きれい》だ。しかし腕《のうりよく》がない奴《やつ》は指示した場所には停めるが、停めかたが汚い。そして粋がってる奴は指示したところに停めない。俺の好きな数字に停めさせろとか、ラッキーナンバーがいいとかな。あの『漆黒の悪魔』やうちのエースの『羽兜《はねかぶと》』や『女豹《レオパール》』の中型宇宙船《ぼせん》なんかは、指示したところにぴたっと綺麗に停めてくれるんだよ」

どうやら色々と苦労があるらしい。

「それならその話を広めればいいのに」

その話が広まれば、腕利きを自称する連中は競って指示に従い、綺麗に停めるだろう。

しかし職員さんはまたも首を横に振る。

「これは俺たち施設管理職員の独断の基準だからな。噂《うわさ》の出どころがわかれば。そういう連中は聞く耳もたないよ」

職員さんは寂しそうに笑った。

もしかすると以前に噂を流したものの、さっき言った理由で無視されてしまったことが有るのかも知れない。


駐艇場《ちゅうていじょう》から傭兵ギルドの施設外に出るには、どうしてもギルドの建物を通らないといけない。

誰にも絡まれなければ、それは実に容易《たやす》いことだ。

しかしそうはならなかった。

不意に僕の腕輪型端末《リスト・コム》からコール音が鳴り響いた。

僕は直《す》ぐ様人気《さまひとけ》の少ないところにある長椅子に移動し、そこに座って通信《でんわ》を受けた。

ちなみにその相手はロスヴァイゼさんだった。

まあ生身の人間でないことが救いだ。

「もしもし？　どうかしたんですか？」

『お久し振りですキャプテンウーゾス。今日はちょっとお願いがありまして』

「いやな予感しかしないんでお断りします」

ロスヴァイゼさんのお願いは、間違いなくろくなことじゃない。

『どうしてです？　まだ何もいってないのに？』

「なんとなく嫌な予感がしたので」

『ともかく話を聞いて下さい！』

「はいはい……」

多分着信拒否設定にしたとしてもかかってくるので、話を聞いた方が面倒が早めに終わるはずだ。

『実は、アンドロイドを注文したいのです。良いお店をしりませんか？』

「僕はアンドロイドには詳しくないですから、大手の所しかしりませんよ。それぐらいなら、ロスヴァイゼさんなら簡単に調べられるでしょう？」

『でしたら、場末の穴場な所を知っている人を教えてもらえませんか？』

残念だが、僕はアンドロイド関係は本当に詳しくない。

それに僕は彼女のパートナーではないのだから、そういう相談をされても困るだけだ。

「そういうのはパートナー《イキリ君》に頼むべきじゃないの？」

『あれはいま昇進試験のための勉強をさせているので』

「たしか司教階級《ビショップランク》への無条件での昇進を蹴ったんでしたっけ」

『試験が関わる特別扱いはトラブルの元になるからまともに受けたいって』

そう。イキリ君ことランベルト・リアグラズ君は、様々な戦績からあっというまに騎士階級《ナイトランク》になり、すぐさま司教階級《ビショップランク》への無試験での昇進を打診された。

だがそれを断わり、ちゃんと試験を受けて昇進したいと言ったのは、かなり有名な話になっている。

意外に真面目なんだなとちょっと感心した。

「それより。アンドロイドなんか何に使うんです？」

『もちろん。私の遠隔式人型《ひとがた》ボディを製作するためですよ』

質問が来たときから薄々はわかっていたけれど、しっかり言葉にされると不安が増す。

それこそ古代の技術で作れば凄《すご》いのが作れそうだけど、そのあたりは流石《さすが》に無理なのだろう。

「ともかく。そういう方面では僕はお役には立てませんよ。医療用具関係のサイトを見てみるといいと思いますよ。医療現場はアンドロイドが結構使われてますから、情報も多いと思います。それから、アンドロイドフェチのサイトなんかで聞いてもいいと思いますよ」

『そうなのですか？　じゃあそっちを覗《のぞ》いてみますね。ご助言ありがとうございました。ではまた』

そうしてロスヴァイゼさんは通信《でんわ》を切った。

できればロスヴァイゼさんの企《たくら》みが成就するのが、1分1秒でも遅れることを祈るしかない。

そのボディが出来上がり、親しく話しかけられたりすれば、身の破滅につながるからだ。

09

モブ No.37

「時間があったらゲーセンとか行きたいな。3人で」

ロスヴァイゼさんとの通信《でんわ》も終わり、帰ろうとしてロビーに出たところでアーサー君が声をかけてきた。

そのとなりには、当然のようにセイラ嬢がすました感じで並んでいた。

「こんにちは。ウーゾスさん」

「やあ、リンガードくん。と、サイニッダ嬢か。レセプションはどうだった？」

2人はこの前の仕事で軍のレセプションに招待されていたので、そのことを何の気なしに尋ねてみた。

すると、

「参加しない方が良かったですわよあんなもの！」

セイラ嬢がいきなり憤怒の表情になった。

「男共はアーサー様に対して、

――まぐれだ。運が良かっただけ――。

――俺の方が強いんだからな。調子に乗るなよ――。

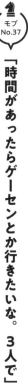

――雑魚にしてはよくやったな。褒めてやるよ――。

とかの悪口ばかり！　そうかと思えば、私に対しては、

――俺と付き合わない？　あんな傭兵《ようへい》野郎なんかより絶対俺のほうがいいだろ――。

――俺の船の乗組員《パイロット》になれば、たっぷりと可愛《かわい》がってやるぜ？――。

――君みたいな可愛い娘《こ》が傭兵かあ。じゃあ雇ってやるから今からこい――。

とかいってくるんですよ？　どこの頭の悪いゲームキャラだっていうんですよ！」

彼女は歯ぎしりをして、自分の恋人を蔑《さげす》んだ男達《たち》への怒りを再燃させ、

「女共はその逆！　私には

――男に媚《こ》びうっちゃっていやよね～――。

――あんなのより私の方が上ね――。

――所詮低級の傭兵よね。貧乏くさ～い――。

とかネチネチした嫉妬と嫌味！　そして主催のハイリアット大尉含めてアーサー様にベタベタベタベタベタベタ！」

自分の恋人に接近した女達に対しての怒りを再燃させた。

「まあまあセイラ！　落ち着いて。それに、ハイリアット大尉は防波堤になってくれて」

「それが手口なんですよ！　アーサー様が真面目で身持ちの堅い方だったから良かったですけども！　2度と行きませんよあんなもの！」

アーサー君が落ち着かせようとするが、下手をうって燃料を投下してしまっていた。

「大変だったねえ……」

呼ばれなくてよかったお。

多分、ハイリアット大尉の知り合いとかで固めたんだろうから、お貴族様ばっかりだったんだろうな。

2人は本当にご苦労様な上に気の毒すぎる。

しかし、アーサー君はそんな話をするために僕に話しかけてきたわけではないだろう。

「それで、何の用?」

僕の一言でそれを思いだし、アーサー君は用件を話し始めた。

「はい。実は惑星コルコス近隣の宙域にある小惑星群《アステロイドグループ》の収集作業の仕事が発注されたんです。なんでも小惑星から希少金属《レアメタル》が採掘できる事が発見されてコルコス領主の命で採掘を開始したらしいのですが、小惑星群《アステロイドグループ》の範囲が広く、盗掘や小惑星の盗難が絶えないため、小惑星群《アステロイドグループ》を集めて一気に溶かして抽出する手段にでるそうで……」

アーサー君はそう説明しながら、依頼書を腕輪型端末《リスト・コム》に通信《わた》してくる。

なんかいやに大雑把な感じだけど大丈夫なのかなそれ。

コルコス領主は自棄《やけ》になってないよね？

「貴方《あなた》のレーダーなら、周囲の警戒も小惑星の接近探知も容易でしょうから、小惑星にぶつかる確率も下げられるでしょう？」

さらにセイラ嬢がアーサー君の補足をしてくる。

「悪いけど、船のオーバーホールが終わったばかりなのと今は休暇中でね。期日はまだあるみたいだから、それまでには決めておくよ」

話を聞く限り怪しいところは無さそうだけど、一応調べたいし、何より休暇中なのもあるので返答を保留した。

「わかりました。ご一緒出来ればいいですね。ではまた」

「ああ、わざわざありがとうね」

ヒーロー君だったら——受けるかどうかこの場で決めろ——とかいってくるだろうな。

そのあたりアーサー君は人間ができてるお。

おそらく人数が集まらないからと、受付嬢に——暇そうなのに声をかけておいて——とかお願いでもされたんだろう。


そうして僕はようやくギルドの建物から出ると、そのまま闇市商店街へ向かった。

ここは相変わらず異世界みたいな様相を呈している。

ここに来たのは、もちろんパットソン調剤薬局で噂話《じょうほう》を得るためだ。

そしてやっぱり、ものすごく目立つあのあののぼりがたっていた。

そしてその中に新しいのぼりも立っていた。

内容は『沸膏《ふっこう》に踊る、死肉を纏《まと》う魂の根源』とある。

あの肉屋さんまた怪しげな新商品を……。

だがかなり人気があるのか、ここの雰囲気にどっぷり浸《つ》かった人達がたくさん並んでいた。

その混雑を尻目にパットソン調剤薬局に到着した。

「うっす」

「いらっしゃい……。なんだお前か」

友人のゴンザレスは、新聞から顔を外すといつもと変わらない対応をしてきた。

僕はカウンターに向かうと封筒をカウンターに置いた。

「ちょっと『噂話《うわさばなし》』を聞きにきたんだけどさ」

「どんな話だ？」

ゴンザレスは封筒の中身を確認すると、話を聞く態勢になった。

「惑星コルコス近隣宙域に小惑星群《アステロイドグループ》があるだろ？　なんでも小惑星から希少金属《レアメタル》が採れるらしいんだけど、盗掘・盗難が多いからまとめて溶かして抽出するから集めろってハナシ」

これはアーサー君が持ってきた依頼書に書いてあったことだ。

「わかった1時間ほどくれ」

「ほいほい。大人しく待ってるよ」

ゴンザレスがうなじにコードを繋《つな》げて調べ始めたので、僕は椅子に座りラノベを読み始めた。

小惑星を溶かして希少金属《レアメタル》を抽出すること自体は出来なくはないので問題はない。

本当に全部まとめてではなく、一定量を順次溶かしていくだけだろうし。

この依頼で気になったのは希少金属《レアメタル》が採れるという所だ。

おそらくだけど、硬度が高く、船体の外格や装甲に使われるレオエー鉱や、光線銃《レイ・ガン》や熱線銃《ブラスター》の銃身《バレル》に使われる耐熱性・放熱性に優れたジラタス鉱なんかだろう。

放射線みたいなものは、元々そういうものが飛び交う宇宙空間を移動する船や船外活動服＝宇宙服は、元から対策をしているので問題ない。

しかしその小惑星に腐食性ガスが内包されていて、収集作業中に吹き出したりするとヤバイ事になる。

ガスを内包したまま炉に放り込むわけにもいかないから完全にガス抜きをする必要もある。

そういう物が有るとわかっている場合は、それなりの装備をして作業すれば問題はない。

知らずにたまたま出くわした場合も、直《す》ぐに作業を中断し、それなりの装備に換装すれば作業を再開できる。

しかしその装備はかなり高額な上に、一般的な装備でも、ある程度は防げてしまうのが問題だ。

つまり、内包しているのをわざと知らせないで作業をさせ、出た時には——すぐに装備を用意するからそのまま作業を続行しろ――と作業をさせ、最後まで対策をしないという場合がある。

アーサー君もその辺りはちゃんと調べてから受けたのだろうし、問題はないとは思うが念のためだ。


それからきっちり1時間後、ゴンザレスはうなじからコードを引き抜いた。

そうして手に入れてくれた情報は依頼書と変わらないもので、ヤバイものは無いようだった。

その依頼を出したコルコス領主の頭の中身以外は。

「そういえば、この前クルス・アーノイド氏にあったよ」

これで用件は終わったので、少しばかり友人としての会話を振ってみた。

「ああ、この前店に来たよ」

「君らは所在がわかってるからな。僕は色々移動する事が多いから、なかなかね」

「そのかわりお前は、多い時には1日で300万は稼ぐだろう?」

「命懸けだけどね」

内容はともかく、こんな風に会話をしているとなんとなく学生時代を思い出してしまう。

1年の時の事件は別として、楽しかった思い出は多かったと思う。

そんなことを考えていると、

「時間があったらゲーセンとか行きたいな。３人で。後『アニメンバー』な。最近の時間がなくて通販ばっかで店にいってないんだよな」

ゴンザレスが不意にそんなことを呟《つぶや》いた。

同じように付き合いがあったとしても学生時代と同じようにはいかない。

それぞれの立場があり、それぞれにやらなければならない事があるからだ。

そう考えると、自己責任とはいえ自由に休んだり働いたりできる僕は幸せ者なのだろう。

「そうだねえ」

その時は僕が時間を合わせる事にしよう。

モブ
No.38
「妻と娘に会ってきたぞ！　可愛いんだようちの娘は！　あ、写真見るか？」

船をギルドの駐艇場《ちゆうていじよう》に停泊させた翌日は、『アニメンバー』と『せいざばん』に行ってマンガ・ラノベ・同人誌の発掘に向かった。

そのおかげで、

『どこか神秘の召還指輪《サマナーリング》』のラノベ新刊。

『私の敵は英雄《ヒーロー》です』のマンガ新刊。

ソーシャル育成シミュレーションゲームの『SpeedQueen《スピードクイーン》!　ザ・プラネットレース』のコミカライズ。

ソーシャル戦略シミュレーションゲーム『乙女戦史』の同人誌などを手にいれた。


そしてその色々収穫のあった翌日。

ついにローンズのおっちゃんが戻ってきた。

これでようやく落ち着いて依頼を受けられるというものだ。

当たり前の事だが、ゼイストール氏もちゃんと受付係として働いている。

「いやあ最高の休暇だった！」

「そりゃよかったね」

楽しい休暇だったらしく、満面の笑みを浮かべ、血色も良好なようすだ。

「妻と娘に会ってきたぞ！　可愛《かわい》いんだよううちの娘は！　あ、写真見るか？」

「結構です」

ローンズのおっちゃんは典型的な娘馬鹿だったらしく、アルバムを取りだそうとしたので即座に断り、

「それより。あのゼイストール氏はなんなん？　まるっきり女の子じゃん！」

正しい情報を伝えなかったことを問い詰めた。

「いやいや男だし有能だったろ？」

おっちゃんは見苦しい言い訳をする。

「たしかに男性だったし、仕事はめちゃくちゃ有能そうだけども、あんなどう見ても美少女な外見とは言わなかったじゃん！」

「見せてもらった書類の写真はもうちっと男っぽかったんだ。髪も短かったしな。まあ、女顔ではあったが」

つまり、書類の写真を撮影した以降にゼイストール氏が変貌していることをしらなかった。と。

まあ自分の代役を選ぶのを人事の人に丸投げしてればこうなるか。

「まあ、最悪あんたが居なくて、いよいよってなった時にはゼイストール氏に受付を頼む事にするよ……」

とはいえ、ローンズのおっちゃんからしか仕事を受けられないというのはよろしくないから、今回の事はその辺りを考えるきっかけにはなった。

「で、仕事はあったのか？」

「ああ、これを受けるよ」

僕は、アーサー君に紹介された小惑星群《アステロイドグループ》の収集作業の情報を見せる。

「これか。いいんじゃないか」

その情報の詳細はこんな感じだ。


業務内容：惑星コルコス近隣の宙域にある、小惑星群《アステロイドグループ》の収集作業及び、緊急時の防衛。

業務期間：不明瞭。小惑星群《アステロイドグループ》が全て収集されるまで。

銀河標準時で推定４８０時間（約20日間予定）。

最低総作業時間１００時間。

休憩は任意。

業務環境：随伴コロニー内にある宿泊施設の無料使用・食事の無料支給。

宇宙船の燃料支給。

業務条件：宇宙船の持ち込み必須。

持ち込み宇宙船が破損した場合の修理費は自腹。

管理用ビーコンと記録装置《レコーダー》の取り付け。

緊急時には、休憩時でも対処・出撃すること。

上記理由により、業務期間内の宙域脱出は処罰の対象になる。

報酬：２００万クレジット・固定。

最低総作業時間に達していない場合は減額。

最低総作業時間の１００時間内で、完全収集・終了した場合は満額支給。

特記：迅速な収集が望ましく、故意に作業時間を引き延ばすような行為が発覚した場合は処罰の対象となります。


「まあ正確には作業補助で、回収そのものはデブリ屋がメインで進めていく感じだな。もちろん自分で集めてもいいだろうが」

とにかく人手が必要な感じかな？

ボーナス的なものはないが、期間以外にノルマ的なものもない。

おかしな裏もない感じなのでわりと気楽な依頼だろう。

しかしアーサー君に紹介された時から気になっていたことがある。

「なんで480時間はかかりそうなのに、最低総作業時間内の100時間で終了しちゃった時の事が書いてるのさ?」

「細かいとこにうるさい連中がいるから、書かざるをえなかったんだろうよ。それに、万が一ってことがあるからな」

ちなみに最低総作業時間というのは『最低でもこれだけの時間は働かないといけない時間』の事だ。

不足が30分とか1時間位なら減額ですむが、総作業時間が30分とか1時間だと無給なんて事もあるだろう。

「それで。受けるのか?」

「もちろん」

でも少なくとも戦闘メインよりは気楽な仕事だ。


仕事を受けたその足でコルコス宙域に向かい、到着した時には夕方になっていた。

そこにあった、今回のプロジェクトのために随伴してきた、まあ正しくは引っ張られてきた円筒形コロニーに停泊するように指示を受けた。

作業開始は明日からなので、休んでおくようにとの事だ。

ちなみにこのコロニー、3面ある居住用のスペースのうちの2つが駐艇場《ちゅうていじょう》になっていて、残りの1つが本部や宿泊施設・福利厚生施設・修理ドック・ガススタンド・各種倉庫なんかになっている。

そうして船を停め、宿泊施設に向かった。

するとそこで、以前のあのデブリ屋のおっちゃんと再会したのだ。

「あ！　おっちゃん！」

「お！　あの時の兄ちゃんじゃねえか！」

デブリ屋がメインと聞いていたので、もしかしたらと思っていたけど、こうやって会えるのは嬉《うれ》しいかぎりだ。

「やっぱり参加してたんだね」

「コルコス政府からの要請だからな。要はデブリの回収の要領だからよ、うち以外のデブリ屋もいっぱい参加してるよ」

「じゃあ要領は前と似た感じ？」

「ああ。デブリなら取れた量なんかも関係するんだが、今回は確実な回収がメインだからな。だからといってだらだらやってたらどやされるだろうがな」

僕とおっちゃん＝リグス・ヴォルバードさんはアドレスを交換し、今回も組んで仕事をする事にした。

そうそう、アーサー君とセイラ嬢もちゃんと参加していた。

ベタベタはしていないものの、ラブラブな空気を辺りに振り撒《ま》き、血涙を流す男連中を増やしていたのは間違いなかった。

そして翌朝。

朝食の時間に全館オープン回線での朝礼？　が行われた。

「えー皆さん。今回の事業にご参加いただきありがとうございます。今回の小惑星群《アステロイドグループ》の収集作業ですが、作業の手順自体は簡単です。小惑星や岩石を、回収専用コンテナに乗せて所定の超大型輸送船に集積する。直径50ｍを超えるサイズのものは、惑星コルコスの衛星であるグマの近隣までタグボートで曳航《えいこう》し、そこで固定させてから発掘作業を行います。よって皆様が収集するのは、それ以下の大きさの小惑星や岩石という事になります。直径50ｍに近いものは高出力レーザーを使用し、カッティングをした後に回収します。それなら全部カットすればいいだろうと思うでしょうが、用意出来た高出力レーザーの数が少なかったのと、50ｍ以上の小惑星での採掘による雇用拡大という目的があります。そもそもこの収集作業自体、雇用拡大が目的なので、その辺りは察していただきたく思います。燃料補給や休憩はこの随伴させてきたコロニーで取ってください。安全第一。なにか気がついたことがあれば、すぐに報告して下さい。とはいえ、だらだらと長引かせるような行為も困ります。迅速かつ安全に。事故のないように作業を進めていってください。では、朝食終了後に作業を開始してください！」

モブ No.39

『上にいくと面倒臭いっていってましたよ』

『にいちゃん。今度は5時方向・上昇《アップトリム》30度・距離700だ』

「了解」

僕は以前のゲートの時と同じように、着陸寸前のような超低速度で、おっちゃんの指示通りに移動する。

ポリマーコーティングを施し、飛礫《つぶて》対策はばっちり。

流れ作業のようにテキパキと回収をしていくと、あっという間に回収用コンテナが満タンになるので貨物船に集積《おろ》しにいく。

時折巨大小惑星の曳航《えいこう》を見送ったりしながらも、岩石や石や砂がなくなり、空間が綺麗《きれい》になっていくのはなんとなく見ていて気持ちがいい。

『ようし、次はあれだ。10時方向・下降《ダウントリム》24度・距離600だ』

「了解」

スロットルを一瞬だけ開け、ゆっくりと目標に近づけていき、おっちゃんの指示したところにピタリと止める。

本当にこの仕事とは相性がいいらしい。

☆　☆　☆

【サイド：アーサー・リンガード】

僕はデブリ屋さんの指示を聞きながら、操縦桿《ジョイスティック》を慎重に操作する。

『よーし。この辺でいいぜ』

デブリ屋さんの合図で船を止める。

しかし一番いい停止位置よりかなりずれてしまった。

なんども挑戦しているが、なかなか上手《うま》くいかない。

「すみません。かなりずれてしまって」

『これくらい普通だって。俺達《たち》だっていい位置に止めるには、結構時間がかかったからな』

デブリ屋さんには些末《さまつ》なことなのだろう、僕のミスを気にすることなく、ぽーんと軽い感じで船から離れ、作業を始めるべく小惑星に接近していく。

向こうの方では、ウーゾスさんの船が理想の停止位置にピタリと止めていた。

すごいな。僕じゃあんなに簡単には止められない。

その精密な動きに感心しながら、僕は自分の船をデブリ屋さんのやりやすい位置に細かく修正をしていく。

「どうしてウーゾスさんは昇格しないんだろう？　実力や人格を考えても、女王階級《クィーンランク》でもおかしくないのに……」

『上にいくと面倒臭いっていってましたよ』

僕がふと気になって呟《つぶや》いた独り言に、セイラが答えてくれた。

そしてその答えになるほどと思ってしまった。

「たしかに。司教階級《ビショップランク》になると、義務やしがらみが増えるだろうからね」

傭兵《ようへい》ギルドで司教階級《ビショップランク》になると、階級による仕事が増えるのはもちろんだけど、同じような仕事でも報酬の額が変わる。

今回のような場合は階級関係なく一律だけど、以前のような護衛だと司教階級《ビショップランク》は報酬が30％は跳ね上がるし、利用出来る施設や受けられるサービスも変わってくる。

が、同時にギルド員全員に向けての特別召集令状・通称『赤紙』以外にも、拒否できない依頼が発せられたり、年末のギルド主催のパーティーに強制参加だったりと、色々しがらみが増えるのは間違いがない。

さらには派閥争いがあるという噂《うわさ》まであるのだから、僕自身もなんとなく嫌気がさしてしまう。

『それに、最近のギルドの上層部は、イメージ戦略に使えそうな人材や、有力貴族の関係者だけ昇進させているって噂もありますから』

それはウーゾスさんに失礼だとは思うが、本人に聞いた実体験を考えるとあり得ない話ではない。

「こまったものだね……本当に」

組織の上は腐敗するというけど、それがだんだんと下に広がってる感じがする。

どうにかしないと不味《まず》い気がするけど、今はどうしようもないかな。

『よーし。次頼む。今度は9時方向・上昇《アップトリム》15度・距離300だ』

そんな話をしているうちに、デブリ屋さんの作業が終了し、次のポイントへの指示が来た。

「わかりました！」

今度こそはいい位置に止めるべく、僕は操縦桿《ジョイスティック》を握り締めた。

★★★

作業は実に順調だった。

僕とおっちゃんは、午前7時から昼に1時間の休憩を挟んで午後6時《18時》までの1日10時間。残業なし。

おっちゃんの体力を考えて、5日毎《ごと》に1日休みというローテーションですでに13日。

最低時間は既にクリアしている。

さすがに100時間内での終了は無理だったが、かなりいいペースで作業は順調に進んでいて、曳航《えいこう》しなければならない小惑星は後10個も無いだろう。

とはいえ全てを収集するにはまだまだ時間がかかる。

ちなみにこの事業はマスコミによって注目され、テレビ局の船が作業風景を撮影していたり、コロニー内に取材クルーがうろついていたりしている。

当然だけど、取材対象はアーサー君やセイラ嬢なんかの見目麗しい人達や、現場仕事を一切やらない偉いさん達だけだ。

とはいえ、僕達が見ることのない衛星近くでの採掘作業や、惑星上での選別や希少金属《レアメタル》の抽出作業などの映像なんかも流してくれるので、ちょっと興味深かったりもするが。

そしてマスコミのカメラが一番注目したのは、大きなプロジェクトではあるもののこの地味すぎる仕事に、なんと王階級《キングランク》の傭兵が参加していた事だった。

名前はマリーレヒート・ルイヒェン・ファアリナー。

船の名前は赤い阿呆鳥《レッド・アルバトロス》。

あだ名は『紅炎《プロミネンス》』または『深紅の女神《クリムゾン・ゴッデス》』。

ピジョンブラッド色の髪に金の瞳、白い肌、モデルも裸足《はだし》で逃げ出すスタイル抜群の長身美女だ。

何故《なぜ》彼女がこの仕事を受けたかはわからない。

が、マスコミにとってはありがたい取材対象だろう。

アーサー君とセイラ嬢が、彼女と一緒に取材を受けているのをよく見かけるようになった。

いまごろ画面の向こうではファンが急増していることだろう。

さらには昨日、ある貴族が現場を見学したいとやってきた。

惑星ブロスラントの領主でサークルース伯爵というらしい。

なんでも自分たちの領地にも似たような小惑星群《アステロイドグループ》があるらしく、その収集をする時の参考にしたいらしい。

まあお偉いさんの接待は偉い人に任せて、僕はヴォルバードのおっちゃんと小惑星回収に専念するのが一番だ。

そうしてその日＝14日目も仕事を終え、コロニーに戻ってまずすることは、前回同様船につけたポリマーを剝がすことだ。

当然このポリマーにへばりついた石や砂も抽出の対象だ。

その後、点検をして燃料を入れたら今日の仕事は終了だ。

レストランで夕食を済ませ、テナントのコンビニでちょっとしたものを購入してから、ホテルエリアにもどることにした。

ロビーで早々に酒盛りをしている連中もいるが、僕は酒が苦手なので参加はしない。

知り合いがいるわけでもないしね。

ホテルエリアに戻る途中のカフェエリアで人だかりを見つけた。

取材クルーの姿があったので、どうやら誰かの取材らしい。

ちょっと遠巻きに眺めてみたところ、そこには例の貴族らしい厳《いか》つい髭《ひげ》のおっさんがナニやら熱弁をふるっていた。

「……で、あるからして、我が領地では良き人材を募集しておる。我こそはと思うものは……」

どうやら取材終わりに求人のアピールをしていたところらしい。

貴族の配下なんかなるもんじゃないと思っているから全く興味はない。

足早にその場を離れてホテルエリアの近くまで戻ってくると、そこでも人だかりが出来ていた。

原因は、王階級《キングランク》の『深紅の女神《クリムゾン・ゴッデス》』だった。

別に彼女自身が何かしでかしたわけではない。

彼女とお近づきになろうと考えた連中が、ホテルの部屋から出てきた彼女を取り囲んでいたのだ。

もちろんそんなものにだって巻き込まれたくないので、完全スルーして自分の部屋に向かった。

部屋はシングルのビジネスホテル風。

カプセルホテルの方が落ち着くのだが、このコロニーの宿泊施設は全てこのタイプだから仕方がない。

僕は楽な格好になると、持ってきたラノベを取り出し、ベッドに寝転がって昨日の続きを読み始めた。

モブ No.40

「あ、その頃には私はいないかもしれないわよ？」

ウーゾスが小惑星を集める仕事に精を出していたころ……。

☆　☆　☆

【サイド：フィアルカ・ティウルサッド】

私は仕事を受けるべく、傭兵《ようへい》ギルドの受付ロビーに向かった。

傭兵になった当初は、手の空いている受付係にお願いしていたのだけれど、男性職員はナンパが多く、女性職員は嫌みっぽい人が多かったので、正直うんざりしていた。

でもなかには、きちんとした気持ちの良い応対をしてくれる人がいる。

私は極力、そういう受付係のところに行くようにした。

そして今は、ミーヤ・アウシムという、サファイアのような蒼《あお》い瞳に、エメラルドのような色の

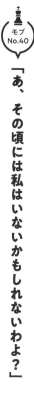

髪をサイドテールにし、女の私から見てもうらやましいと思えるほどの胸部装甲《バスト》を持っている彼女を、ほぼ専門の受付係にしてしまっている。

勿論《もちろん》他にも信用できる受付係の人はいるけど、仕事も有能な上に波長？　も合うので仕事を受けるのも報酬を受け取るのも、極力彼女が勤務している時にしている。

本当は適応性《フレクシビリティ》に欠ける事だから良くはないのだけれど。

美人で仕事も丁寧な彼女は男女問わずファンが多く、いつもは何人か並んでいたりするのだけど、今日は誰もいなかったのですんなりと声をかけることができた。

「はーいミーヤ。いい依頼はある？」

「いつもの方々から貴女《あなた》を御指名の護衛依頼が何件かあるけど……」

「パス」

「でしょうね。処理しておくわ」

私が椅子に座ると同時に、ミーヤが数件の依頼を破棄してくれた。

この指名依頼は、私とお近づきになりたがっている貴族の馬鹿息子共からの、『膝枕つき』だの『指定の衣装を着ること』だの、挙げ句の果ては『ベッドの中』という常識を疑う条件をつけた訳の分からない依頼ばかり。

傭兵ギルドとしても、たとえ貴族だろうとこれは完全アウトなので、破棄しても問題はないということらしいわ。

そして改めて依頼の一覧表《リスト》を見せてもらうと、ちゃんとした護衛や警備の依頼のなかに、海賊退治の依頼もちらほら見かけた。

「今、海賊は軍が必死に追いかけてるんじゃなかったかしら？」

ここ最近は矢鱈《やたら》と軍が気合いをいれて海賊退治をしていたのに、海賊退治の依頼があること自体珍しいわね。

「これは本日の朝に受領された依頼ですから、放《ほう》っておくと軍が処理してしまうでしょうね」

小規模の海賊で、どうやらその規模から、軍が見逃していたのね。

見つけてしまえば私の敵じゃないから、捕縛にはそんなに時間はかからなそうね。

むしろ探す方が時間がかかりそう。

「じゃあこれにするわ。ふん……ふん……。これなら2～3日でカタがつくわね！」

依頼完了までの、軽いシミュレーションをしていた私の言葉に対し、ミーヤが信じられない言葉を発した。

「あ、その頃には私はいないかもしれないわよ？」

「え？」

私はその言葉に物凄《ものすご》く驚いた。

転職？　それとも結婚して寿退社？　だとしたら結婚式は何時《いつ》？

仕事上のパートナーとして信用していたし、私より少し歳上《としうえ》だけど、友人だと思っていたのに相談も報告もないの？

なんてことが頭によぎっていたところ、

「実は従姉妹《いとこ》の結婚式にでるんだけど、別の惑星で挙式するから移動に時間がかかるのよ。なので長めの有給休暇を取ったの。フィーなら本当に2～3日で帰ってくるから、可能性は高いでしょう？」

「何だそういう事なのね。びっくりした～」

ミーヤがきちんと事情を説明してくれたので、私は安堵《あんど》のため息をつくことが出来た。

ちなみに彼女は私の事を、畏《かしこ》まらない時には、長いからとフィーと呼称する。

だったら私もと思ってミーって呼んだら「猫みたいだから止《や》めて」と、本気で嫌がられたのでやめておいた。

とはいえ、彼女でなければ仕事を受けたくないというのは問題なので、

「じゃあ、戻ってきたときにミーヤがいなかったら、別の人に頼むわ」

と、宣言した。

「そうしてちょうだい。情報《データ》は共有できるから、手続きに問題はないはずよ」

こうして私は海賊退治の依頼を受け、傭兵ギルドを後にした。

その時、別の受付カウンターに人だかりが出来ていたのは、特に気にはならなかった。

正直海賊はあっさりと捕縛できた。

何処《どこ》にいるか捜索する方が時間がかかったわね。

連中の船を買い取りにだしてから受付ロビーに向かい、軽く見渡してみるけど。案の定ミーヤはいなかった。

わかっていたことだけどちょっぴり寂しいわね。

適応性《フレクシビリティ》を育むために、誰に声をかけようかと悩んでいると、ちょうど休憩から戻って来たらしい人が受付カウンターに座った。

見たことがなかったので新人だと思い、私は彼女に声をかけた。

「依頼の達成手続きをお願いしたいんだけど、いいかしら？」

「はい。ではこちらへどうぞ。まずはチェックをお願いいたします」

私が汎用端末《ツール》を差し出すと、

「フィアルカ・ティウルサッド様ですね。海賊『デセブアブラザーズ』の捕縛及び戦闘艇の買い取りでお間違いありませんか？」

私の身分証から、共有されているデータを閲覧し、「依頼料は45万クレジット。戦闘艇の買い取りは3機分で総額123万クレジット。合計168万クレジットになります。お間違いはありませんか？」

「ええ。間違いないわ」

「現金《キャッシュ》と情報《データマネー》のどちらになさいますか？」

「情報《データマネー》でお願い」

「畏まりました。少々お待ちください」

かなりの手際のよさで、今回の私の受け取る報酬を用意してくれた。

綺麗《きれい》な金髪を1本お下げにし、胸部装甲《バスト》は無いものの、掛け値無しの美人に間違いはないわね。

おまけに真面目で仕事もできるなんて、確実な有望株じゃない！

名前はたしか名札《ネームプレート》に……あったわ。アルフォンス・ゼイストールさんね。覚えておかないといけないわ！

モブ No.41

『って、おい！　帝都テレビ！　非戦闘員はコロニーに退避だっていってんだろうが！』

御貴族様と『深紅の女神《クリムゾン・ゴッデス》』を見かけた翌日の15日目からは、そういう方々とニアミスすることもなく平穏に作業が進んでいった。

そして19日目の朝。

駐艇場《ちゅうていじょう》でおっちゃんといっしょに出発の準備をしていると、

『え――皆様おはようございます。皆様の懸命な努力により、本日分の作業で、浮遊していた小惑星群《アステロイドグループ》を完全収集出来るだろうという見通しが立ちました。よって、何事もなく本日の作業が終了した場合は、終了証明書を受け取った後、コロニーの方に宿泊していただき、翌朝、帰路についていただくことになります。報酬は、それぞれご依頼を受けた先に支払い済みですのでそちらで受け取ってください。曳航《えいこう》された巨大小惑星の採掘と、希少金属《レアメタル》を含めた様々な金属の抽出・精製作業は未《いま》だ続いておりますが、皆様の収集作業が終了することで、1つの区切りがつくことになります。幸い大きな事故や怪我人《けがにん》もでておりません。このまま最後まで気を抜かずにやりとげましょう！』


という、やけに気合いの入った責任者の一斉通信が流された。

かなり減っていたのはわかっていたけれど、ゴールが見えてくるとなかなか感慨深いものがある。

「じゃあもう一息ってわけか。これでまた一杯やれるぜ」

作業中の判断がにぶったら命取りになるからと、休みの前の日以外は飲まないようにしているおっちゃんは、さすがにプロなだけある。


そうして僕とおっちゃんが作業を始めてから2時間ほど経《た》ったころ、

『緊急警報《アラート》！　緊急警報《アラート》！　現在未確認船団《キャラバン》が接近中。船体コード確認を拒否していることから海賊と判断。非戦闘員はコロニーに退避。休憩中の傭兵《ようへい》は直《す》ぐ様《さま》迎撃準備を。作業現場にいる傭兵で燃料補給が必要なものはコロニーに退避の後、燃料補給をして速やかに迎撃準備を！』

という緊急警報《アラート》が発せられた。

僕はおっちゃんを回収し、直ぐ様コロニーに退避を始めた。

そうして続々と船がコロニーに向かうなか、戻らない船があった。

傭兵の船なら問題はないのだけれど、

『って、おい！　帝都テレビ！　非戦闘員はコロニーに退避だっていってんだろうが！』

『「深紅の女神《クリムゾン・ゴッデス》」の戦闘が撮れるんだ！　引いてたまるもんか！』

『ああそうかい！　じゃあ責任は取らないからな！』

テレビ局の船はヤバいだろう。

ジャーナリズムなのかどうかはしらないけど、チョロチョロされるとめちゃくちゃ邪魔なんだけどなぁ。

そしておっちゃんを降ろして現場にもどると、またすぐに一斉通信が入った。

『傭兵諸君。私は王階級《キンググランク》のマリーレヒート・ルイヒェン・ファリナーだ。今回私が最上位ということで、臨時に私が指揮を執らせてもらう。異存はないか？』

通信元は『深紅の女神《クリムゾン・ゴッデス》』で、どうやら彼女が臨時の指揮官になるらしい。

やっぱり王階級《キンググランク》の人はかっこよさが違うお。

『足の速い船は私と一緒に攪乱《かくらん》・迎撃を。そうでない船は防衛を頼む。軍と警察には連絡済みだから、それまで持ちこたえるぞ！』

『『『『『『『おーっ！』』』』』』』

彼女のセリフに続き、傭兵達《たち》は盛大に鬨《とき》の声をあげる。

やっぱり主人公サイドの人のカリスマ力は凄《すご》いね。

これなら軍と警察が来るまで十分持ちこたえるだろう。

僕は当然防衛の方にまわった。

が、はっきりいって軍と警察に連絡する必要はなかった。

戦闘開始からわずか30分。

『深紅の女神《クリムゾン・ゴッデス》』が発破をかけたせいで全員気合いが入りまくっていたのと、彼女自身の活躍がすさまじく、閃光《せんこう》が走る度に、海賊の船が行動不能や残骸に変わっていく。

さらにはアーサー君もいるわけだから、はっきりいって向こうが気の毒になるほどだった。

とはいえすり抜けてくるやつはいるので、こちらもしっかりとやることをやった結果、海賊団は全て沈黙してしまっていた。

軍と警察が到着し、海賊団とその船を回収、個々の撃墜《スコア》数の確認が終了するまでにかなりの時間がかかり、作業が再開されたのが午後2時＝14時を過ぎてしまっていた。

そのせいで僕とおっちゃんの終了時間の午後6時までには終わらず、全ての作業が終了したのは午後9時＝21時になってしまったが、海賊に勝利したのもあって終了時には歓声が沸き上がった。

当然だけど、そのあとは何時であろうと祝勝会兼打ち上げが自動的に開始される。

僕はそれには参加せず、終了証明書を受け取り、夕食を食べてからホテルの部屋にもどった。

その途中アーサー君達に声をかけられたけれど、丁寧にお断りをさせてもらった。

なによりお酒が苦手だしね。

おっちゃんは僕が酒が苦手なのを知っているため、お疲れの挨拶をするだけだった。

本人は仲間内と飲み明かすつもりらしい。

そうしてホテルの部屋にもどると、シャワーを浴びて部屋着に着替える。

テレビでは、さっそく今回の戦闘を『深紅の女神《クリムゾン・ゴッデス》』を中心に特集していた。

お。アーサー君とセイラ嬢も出てる。

あの2人はこれから指名依頼が増えそうだ。


翌朝。

僕は混み合うのを避けて、一番にコロニーを出発することにした。

色んな所で酔って寝ている人達がいるかと思ったけれど、意外と誰もおらず非常に静かだった。

アーサー君達やヴォルバードさんには、昨日の内に挨拶は済ましている。

管理のために起きていた職員さんに挨拶をしてから、コロニーを後にした。

惑星イッツから惑星コルコスまでは1日かからなかったが、帰る時は様々なゲートをいくつか駆使しても2日がかりになる。

ゲートが双方向ならありがたいのだけど、こればっかりはどうしようもない。

そして朝出発してから、翌日の午後6時30分には、本拠地である惑星イッツに戻ってきた。

駐艇場《ちゅうていじょう》に船を置き、燃料だけは入れておく。

それから建物を通り、受付ロビーに向かい、ローンズのおっちゃんに終了証明書を渡した。

「久しぶりだな。間違いなく依頼はこなしてきた様だな」

「最後の海賊がいなかったらもっとよかったけどね」

軽く愚痴をいいながらも、支払い手続きを見守った。

「まずは固定の200万。それから、お前が潰した海賊船が7機で284万。合計484万だ。情報《データマネー》でいいか？」

と、いってきた。

そう、今回明記はされていなかったが、海賊の船の買い取りが許可されたらしい。

おかげで予想外の収入が入ってきた。

「4万だけ現金《キャッシュ》で」

なぜそうしたかは、銀行で両親に今回の報酬の1／3を送金する必要があるからだ。

4万だけ引けば480万を160万で3分割できるからね。

あとは明日にでも銀行にいって送金するだけだ。

その時ロビーにあるテレビから信じられないニュースが流れてきた。

『ただいま速報が入りました。先日収集作業が終了し、発掘・抽出・精製した惑星コルコスの小惑星群《アステロイドグループ》の希少金属《レアメタル》が、何者かにより盗み出されました。現在警察は全力を上げて捜査を開始しており……』

惑星コルコスの小惑星群《アステロイドグループ》収集事業で採取された希少金属《レアメタル》が盗まれたと報道されたのだ。

モブ No.42 「大抵は久しぶりに友達に会いたいからいくものだけど、頻繁に会ってるからなあ」

そのニュースを聞いた僕とローンズのおっちゃんは、思わず固まってしまった。

なにしろ僕を含めた大勢の人達《たち》の努力の結果が、無残にも奪われてしまったのだから。

「大胆な事をする奴《やつ》がいたもんだな」

「まさか収集作業をしてた僕達が疑われないよねえ」

「惑星上での窃盗だからな。ずっと宇宙にいた連中を疑うほど馬鹿じゃないだろ」

「だといいけど」

正直かなり不安だ。

希少金属《レアメタル》の儲《もう》けを期待していた貴族連中《おえらいさんたち》が、苛立《いらだ》ちの矛先を傭兵《ようへい》や作業員といった現場の人間に向けるのはよくあることだ。

場合によっては真犯人を自分の手で捜さないといけないかもしれない。

て、そんなことは僕がやることじゃない。

「警察に任しとけばいいんだよ。首を突っ込んでもいいことはないぞ」

その僕の考えを読んだのか、ローンズのおっちゃんが軽く釘《くぎ》を刺してくる。

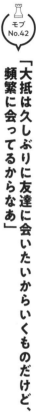

「そうだね。じゃあ今日はもう退散するよ。報酬返せとか言われないうちに」

「さすがにそれは……あるかもしれんな……」

冗談のつもりで言ったのだけど、まさか心配事になるとは思わなかった。

なのでさっさと出ていくことにしよう。


僕はその足でゴンザレスのところに行くことにした。

今回の怪盗事件の情報をもらうためだ。

途中、あの肉屋の商品を買っていってみようと思って久しぶりに店に入った。

店長さんは相変わらず普通に愛想のいい感じのおじさんだったが、商品のラインナップ全てが、

牛肉＝ミノタウロス肉
豚肉＝オーク肉
鶏肉《とりにく》＝コカトリス肉
ハム＝死肉の膜
コロッケ＝至福の黄金

といったような感じなのをみると——どこまで拗《こじ》らせてるお、このおじさん——と、不思議を通り越して心配になってくる。

ともかくそこでコロッケを４つほど、コンビニでお茶を２つ購入してから、パットソン調剤薬局に向かった。

「ちーっす」

そしていつもの感じで店に入ると、

「例のレアメタルの窃盗か？」

と、いつもの挨拶をすることなく、いきなりこっちが聞きたい事をズバリといってきた。

「なんか情報あるの？」

僕はコロッケとお茶のプラボトルをカウンターに置くと、ゴンザレスに差し出した。

「ほとんどはマンガ展開か隠謀論かな」

ゴンザレスがコロッケをつまんだので、僕もコロッケを食べる。

スタンダードなコロッケは初めて食べたけれど、やっぱり美味《おい》しい。

「マンガ展開っていうと、大怪盗による華麗なイリュージョンな感じ？　美少女怪盗かイケメン怪盗かで戦争が始まってるってところか」

「そんなとこかな」

ゴンザレスはコロッケを食べ終わると、お茶に手を伸ばした。

「真面目なところは？」

「一切不明。まあ内部の人間が手引きしたのは間違いないかな」

「それくらいはだれでも思い付くか……」

どうやら彼の情報網でも詳しいことはわからないらしい。

まあ、首を突っ込まないのが一番だからこれ以上話す事はない。

するとゴンザレスが2個目のコロッケに手を伸ばしつつ、

「ところで、明日の合同同窓会はどうするんだ？」

と、尋ねてきた。

実は収集作業の初日に傭兵ギルド経由で合同同窓会の招待状が届いていた。

合同とあるのは、例の傭兵団に無理矢理入団させられた事件で、僕のいた世代の生徒が激減し同窓会がなかなか開けない連中のためにという趣旨で開催されるらしい。

なんていっているが、つまりはリオル・バーンネクスト《イケメン少佐殿》とスクーナ・ノスワイル《人気美人レーサー》とお近づきになるための方便なのが丸わかりだ。

「貰《もら》った時は収集の仕事中でいつ終わるかわからなかったし、いく気は無かったから即断った」

「俺も。会いたい友人には会えてるからな。それに、絶対あいつに絡まれるからな」

ゴンザレスが忌々《いまいま》しそうな顔をする。

「だよな――。多分変わってないだろうな――」

あいつとは、2年生のときに僕とゴンザレスのクラスメイトだった、スクールカースト上位のアロディッヒ・イレブルガスのことだ。

貴族ではないが、イレブルガス商事の社長子息で、もちろんイケメンだ。

いつも取り巻きをつれ、エリート意識全開・ノリ重視・遊び大好き・ナンパ大好き・マウント大好きの、クズ陽キャの見本みたいな奴だ。

そのため僕たちだけでなく、クラス中のいや、学校中の陰キャが迷惑を被っていた。

そいつと会いたくないという気持ちは、あのリオル・バーンネクストの方がマシだといえばわかってもらえるだろうか。

少なくともバーンネクスト《少佐殿》は、ちょっとしたギャグとかいいながら、暴力をふるってくる人間ではないからだ。

ゴンザレスの情報だと、現在は親の会社を継ぐために遊学中といった、それはそれはスタイリッシュな生活をしているらしい。

「大抵は久しぶりに友達に会いたいからいくものだけど、頻繁に会ってるからなあ」

ゴンザレスは新聞を広げながら、3つ目のコロッケに手を伸ばした。

「まあそうだねえ」

その言葉に、僕はお茶を飲みながら同意し、手に持った食べかけのコロッケを口に入れた。

ゴンザレスに生存報告をした昨日のうちには、報酬を返還しろという連絡がなくてほっとした。

なので今日は、昼までに部屋の掃除やらなにやらを済ましたあと、久しぶりに銃のメンテナンスを頼みにいくことにした。

まず撃つことがないから月一か使用した後ぐらいしか手入れはしていない。

なのでたまにはプロに診てもらおうと思ったわけだ。

その店は街中の雑居ビルの地下にある店で『スヴァンソン銃砲店』という。

「こんちわ〜〜」

「いらっしゃい！　久しぶりだね」

「銃はあんまり使わないからね」

店の中は、がっしりしたカウンターに分厚い防爆・防レーザー加工のアクリルプレートで守られ、商品は全て展示画面《ディスプレイモニター》で選ぶようになっている。

そして応対をしてくれたのは、この店の店主の娘さんのリンダで、まだ高校生だそうだ。

学校は……サボり気味なのかも知れない。

店主さんの姿が見えないが、多分店の奥で修理かレストアをやっているんだろう。

僕がカウンターの取り引き口に銃をおくと、彼女はそれを手に取り、

「それなりに手入れはしてるみたいだね」

そういうとカウンターの裏にある作業台に座り、銃の分解を始めた。

ゆっくりやる僕とは違い、あっという間にバラバラになってしまった。

そんな腕前の彼女でもまだまだ半人前だという。

その作業中、彼女が不意に話しかけてきた。

「ねえ。特注品の銃とかは作らないの？」

「下手な人間が特注品使ってどうするの？」

「作ろうよ～～。傭兵なら持ちたいっしょ？」

「いらないよ。もったいない」

このやり取りは、この店に彼女が顔を出すようになってからずっと続いている。

彼女は、自分が1から設計した銃を製作したくてたまらないらしい。

それで、特注品を持ってない僕に注文、つまりは資金を提供してくれと頼んでいるわけなのだ。

「特注品なんか渡されたって、銃をめったに使わないんだから量産品で十分だよ」

「ちぇ～～。せっかく新素材を試してみたかったのに」

作業をしながらも、ブーたれている顔はなかなか可愛《かわい》いと思った。

そうして銃のオーバーホールが終了すると同時に勢いよく店の扉が開き、明らかに面倒臭い客が入ってきた。

モブ
No.43

「ウーゾス君じゃない！　ここでなにやってるの？」

まず入ってきたのは、身なりは上等で、髪型なんかも整ってはいるが、顔には小物の悪党感が漂っている連中数人だった。

そしてそいつらを従えるように入ってきたのは、小物のボスっぽい感じの男だった。

おそらく彼らは貴族の子息。

父親の地位＝自分の地位だと思い込んでいる人達《たち》だ。

彼らは店内を見渡しつつ、展示画面《ディスプレイモニター》を眺めていた。

「いらっしゃいませ。修理ですか？　御購入ですか？」

見た目はともかく、普通に買って帰るなら文句を言う必要はないので、リンダがごく当たり前の接客をはじめる。

するとボスらしい男がリンダを無視してある1点を見つめた。

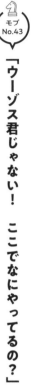

「おい。あれ！」

「あれはカサワR78ですよ！　掘り出し物です！」

彼らが話題にしているのは、カウンター内の壁際にあるケース内に展示しているカサワR78という古い軍用熱線銃《ブラスター》だ。

熱線銃《ブラスター》にしては威力は高くないが、命中精度・取り回し・防汚性能・メンテナンスのしやすさなどを評価された逸品で、ある怪盗映画の主人公の愛銃《あいぼう》だったこともあり人気の高い銃だ。

「おい！　それを寄越《よこ》せ。安心しろ。金なら払ってやるぞ。俺は寛大だからな！」

なんで商品の代金を払うなんて当たり前のことが寛大になるのかはわからないけれど、彼らは随分と興奮しているようだった。

いわゆる銃愛好家《ガンマニア》なのだろうか？

するとリンダは、

「申し訳ありません。これは売り物ではなく、展示してあるだけなんです。この通りちゃんと『展示非売品』と表示してありますので」

と、その銃が売りものでないことを説明した。

すると当然ボスらしい男が声をあげた。

「なんだと？　俺がせっかく買ってやるといってるんだぞ？」

「ですから、あれは展示品で売り物じゃないんです」

リンダが必死に説明するが聞き入れる様子はなく、取り巻きの1人がアクリルプレートを殴り付けた。

「このアマ……こちらの方がどんな御方《おかた》かわかって言ってるんだろうな?!」

直接危害は加えられないだろうけど、流石《さすが》にヤバイと思ったので割って入ろうとした。

するとと不意に奥の扉が開き、親父《おやじ》さんが姿を現した。

「すみませんねお客さん。そいつはね、完全に壊れてて修理すらできないんだ。ガワだけ整えて展示してあるだけなんだよ。ほら」

親父さんはカサワR78の入ったケースを開け、工具を使って銃を分解しはじめる。

すると、中身はひどいものだった。

錆《さ》びだらけで部品にはヒビが入り、銃身《バレル》がほんのりと曲がっていたりと、はっきり言ってスクラップだ。

「わかったかい。本来ならガワだけが博物館に置いてあるような代物なんだ。だから『展示非売品』にしてあるんだ。それでも欲しいならお売りするが？」

ボスらしい貴族はわなわなと身体《からだ》を震わせ、

「誰がいるかそんなゴミ！　帰るぞ！」

そう怒鳴り付けてから店を出ていった。

『よくもこの俺にそんなものを売り付けようとしたな！　極刑にしてやる！』とかわめき散らさないあたり、確かにあの貴族は寛大なのかもしれなかった。

するとリンダは安堵《あんど》のため息を吐き、

「ねえ父さん。いい加減それ飾るのやめようよ」

と、うんざりしながら親父さんに訴えた。

するとと親父さんは涼しい顔で、

「何をいうか。ちゃんと『展示非売品』と書いてあるものを欲しがるのがおかしいんだ。それに、本当に欲しいならこの状態でも欲しがるはずだ。それで金を出した時にこいつを出してやるんだ」

そうして親父さんが取り出したのは、きちんと手入れが施された、ピッカピカのカサワR78だった。

「いつかトラブルになるから、早く止《や》めて欲しいんだけどな～～」

盛大にため息をつくリンダに、僕は同情することしか出来なかった。


銃のメンテナンスが終わったあと、アニメンバーへ行って色々見たり買ったりして日も落ち始めたので、夕食を食べてから帰ろうとしていた時、不意に近くにいたエア・カー《くるま》からクラクションを鳴らされた。

何なんだと思って音《クラクション》のした方を見てみると、

「ウーゾス君じゃない！　ここでなにやってるの？」

その車《エア・カー》には、もう会うこともない雲の上、銀河の彼方《かなた》、画面の向こうにいる人、プラネットレースのチーム『クリスタルウィード』のエースパイロットのスクーナ・ノスワイルさんがいた。

が、何故《なぜ》か少し驚いた様子だった。

「お久し振りですねノスワイルさん。僕は用事と買い物の帰りですが？」

会うとは思ってなかったので非常に驚いたが、とりあえず質問に答え、

「今日合同同窓会なのは知ってるわよね？」

その言葉で彼女が驚いていた理由が理解できた。

「ええ。招待状をもらった時は、予定日の今日までに仕事が終了するかわからなかったので、欠席の返事をしておいたんですよ。久しぶりに話をしたい友人もいませんしね」

僕としてはごく普通の理由だ。

いわゆる仕事の都合という、社会人のよく使う言い訳だが、事実にも間違いない。

なにより当日になっていきなり参加したら、会場や幹事に迷惑がかかってしまう。

ノスワイルさんもその事を理解したらしく、

「そう……じゃあ失礼するわね」

「ええ。楽しんできてください。ああ、スタークルスタス杯《カップ》優勝おめでとうございます」

「ありがとう。じゃあね」

にこやかな笑顔を浮かべ、車《エア・カー》を発進させた。

まあ彼女なら同窓会も楽しいだろう。

何しろプラネットレースのスーパースターだ。

話題にも友人にも困ることはないはずだお。

さあ、早く帰って新しく買ったラノベを読まないと。

☆　☆　☆

【サイド：スクーナ・ノスワイル】

私が向かった合同同窓会の会場は、この惑星イッツでも5本の指に入る一流ホテル『スペラスホテル』の大ホールだった。

市立ノウレ高等学校の132期生全体だから相当な人数になり、会場はすでに人で溢《あふ》れていた。

「あ！　スクーナ様がいらっしゃったわよ！」

私が会場に入ると、すぐに女性達に囲まれてしまった。

「この前のスタークルスタス杯《カップ》での優勝、おめでとうございます！」

「ゲートでの海賊退治の時の事を聞かせてください！」

「インペリアルガールズコレクションに出るって本当ですか？」

「そのスーツ姿も素敵です！」

「あはは……」

その状態で、私は愛想笑いを浮かべることしか出来なかった。

私は子供のころから背が高く、中学に入学してからはますます背が伸びて、卒業する頃には既に今ぐらいの身長になっていた。

私は決して女の子が好きな訳ではないのに、何故か女の子によくモテた。

女の子らしい格好をしていてもそれは変わらなかったし、あの事件の後はさらに囲まれるようになってしまった。

女子からの本気の告白を受けたこともあるけれど、そういう趣味は無いので断っていた。

男子からも告白されたことはあったけど、その頃は恋愛にはあまり興味がなかったから断っていたのを覚えている。

レーサーになってからも変わらずで、私のファンクラブは8割女性だ。

私は男じゃないのに……。

よく見ろー！　私はこの通りスカートはいてるんだぞー！　貴女達《あなた》と性別は一緒だぞー！

こんなことならアエロの言ったとおり、スーツじゃなくてドレスにするんだったな……。

そんなことを考えながら女性達の相手をしていると、1人の男性が声をかけてきた。

「やあノスワイルさん。活躍は拝見しているよ」

高そうなスーツにネクタイ。

生まれながらだというストロベリーブロンドの人物だ。

「えっと確か……3年の時のクラスメイトの……」

もちろん名前は知っている。

でも名前をあんまり言いたくない。

そのぐらい、私はこの男が嫌いだ。

だけど、顔がいいのと金持ちなのもあって、当時からかなり人気があったらしい。

「アロディッヒ・イレブルガスだよ。酷《ひど》いなあ、覚えてないなんて」

イレブルガス《この男》はニコニコしながら私に近づいてくると、無遠慮に肩に腕を回してきた。

「レースやトレーニングが忙しくて、なかなかゆっくりする暇がないの。だから余計な事は忘れるようにしてるのよ」

私はイレブルガス《この男》の腕をやんわりと掴《つか》んで身体から離し距離を取った。

「じゃあ、今日はゆっくりするといいよ。俺も付き合うからさ」

そう言いながら、今度は顔を近づけてきた。

ひっぱたいてやろうかと思ったとき、周りから黄色い声が響いてきた。

「久しぶりだねノスワイルさん」

その原因は、イレブルガス《この男》の行動ではなく、私と同じように無理矢理傭兵《ようへい》にさせられ、生き残った3人の内の1人、リオル・バーンネクストがやって来たからだった。

「お久し振り少佐殿」

顔を近づけてきたイレブルガス《この男》を無視して、バーンネクストの方に歩いていった。

彼にもあまり良い印象はないけれど、身体を触ったり関係を求めてくるようなイレブルガス《あの男》よりはマシだ。

「今は止めて欲しいな。僕たちは仮にも同級生で戦友だろう？」

「軍の広告塔ならそこを強調した方がいいんじゃない？」

「厳しいなあ……」

困ったように笑いながら、常識的なところまで距離を詰めてくる。

それを見て、イレブルガス《あの男》がバーンネクストを睨《にら》み付けているのがわかった。

――俺の女を横取りしやがって！――とか考えているんでしょうね。

私は早いとここの場から立ち去るために、思わず友人の姿を探した。

出欠をだす前に友人に確認しておけばよかった。

頼むからいて欲しい。

居なかったら……最悪ね。

しかし有難い事に、さした時間もかからず、私は友人の姿を見つけることができた。

「シャル！　ロネア！」

「久しぶりねスクーナ。スタークルスタス杯《カップ》優勝おめでとう。その前の海賊退治は大活躍だったらしいわね」

「あれはたまたま巻き込まれただけよ」

「それを生き残れたのが凄《すご》いんじゃないの」

私の友人の1人、シャルラ・ソルレーネは、白い肌に黒い瞳。真っ赤で真《ま》っ直《す》ぐな髪を背中まで伸ばし、黒のスーツをビシッと着こなしていた。

彼女は学生時代から成績優秀で、今はなんと首都ハインにある中央官庁の職員をやっている。

「スーちゃん格好よかったって聞いたよ〜。海賊をばったばったと撃ち落としたって。私のお友達もスーちゃん格好いいってときめいてたよ〜。あとうちの娘《こ》も」

もう1人の友人のロネア・サントレイクは、5歳歳上《としうえ》の市役所職員のモデスト・オーリニスさんと結婚してロネア・オーリニスになり、今は4歳の女の子と2歳の男の子の母親だ。

本来は長いはずの茶色の髪を編み込んでお団子にしていて、その白い肌もちょっと日に焼けている。

それでも、クリーム色のイブニングドレスは彼女の可愛《かわい》らしさを引き立たせていた。

「私は女なんだけど？」

「無駄に格好いい自分を恨みなさい。おまけにドレスじゃなくて、自分の髪と似たような色のスーツまで着てるんだから」

そう言いながら、シャルはウェイターからドリンクを受け取ると、私とロネアに渡してきた。

「でもシャルだって格好いい方なのに、女の子より男の子にモテてたじゃない」

学生時代に、格好いいと言われていたのは私もシャルも一緒なのに、彼女はなぜか男子に人気があった。

「男モテでいうならロネアでしょ。告白にラブ通信《メール》。紙《プラペーパー》を使っての古式ゆかしい恋文《ラブレター》まで止《とど》まることがなかったわよね。全部ふってたけど……」

「だって、あのころはスーちゃんより格好いい男の子が居なかったんだもの」

ロネアはドリンクを飲み、私の顔を見ながらくすくすと笑っていた。

「それにしては結婚は早かったわよね」

「だってモッくんはスーちゃんよりかっこよかったんだもん！」

ロネアは短期大学を卒業してすぐに結婚をした。

その旦那さんであるモデスト・オーリニスさんとは結婚式でお会いしたのだけど、

「あの熊みたいな人がねえ……。まあ、真面目でいい人なのは間違いなかったけど」

シャルの言うとおり、筋肉質で私より背が高いけど、優しそうな顔をした人物だったのはよく覚えている。

するとそこに、同窓会開催の宣言が聞こえてきた。

『御参列の皆様。大変長らくお待たせいたしました。ただ今より、市立ノウレ高等学校・１３２期生合同同窓会を開催いたします』

今回は幸い友人にも会えたことだし、今日ばかりはレースの事も志《こころざし》の事も忘れて、友達との楽しい時間を過ごそうと思う。

モブ No.44

「かなり昔はそれが横行してたってんだから、先代と今代の皇帝陛下には感謝だな」

ノスワイルさんと出くわした後も、いきなり部屋に警官が来て逮捕されることもなかったので、翌日には傭兵《ようへい》ギルドに仕事を探しにきた。

依頼ボードには意外にも海賊討伐の依頼が多かった。

たしか軍が気合い入れて討伐をしているはずだと思っていたのだけれど、その内容を見て納得した。

大きな海賊団が相次いで討伐されたせいで、小物の動きが目立つようになったからだ。

僕はそのなかでも、被害額の小さい、多分あまり凶悪ではなさそうな海賊の討伐依頼を選んでローンズのおっちゃんに差し出した。

「ちわっす。これの詳細よろしく」

「その様子だと、依頼料の返還だの、窃盗の嫌疑だのは来なかったみたいだな」

おっちゃんはにやにやしながら詳細な情報《データ》を渡してくる。

どうやら近くのボシラス宙域に出没しているらしく、被害額は今のところ360万クレジットほど、2人組の海賊らしい。

乗員を殺害していないのはプラスポイントといったところだろう。

「現場にいないのに逮捕されちゃたまらないよ。それに依頼料返還しろってのも非常識な話っしょ」

「かなり昔はそれが横行してたってんだから、先代と今代の皇帝陛下には感謝だな」

ローンズのおっちゃんは本気でそう言っているようだった。

『美女すぎる皇帝陛下』こと、38代皇帝アーミリア・フランノードル・オーヴォールス陛下は、ただ美人だからというだけで人気があるわけではないのだ。


そうして情報をもらった僕は、さらなる情報を得るために色々準備をしてから、ボシラス宙域に向かった。

このボシラス宙域には、大気が有毒ガスだったり、溶けた鉛の雨が降っていたり、常に音速の嵐が吹き荒れていたりと人類が居住するには適さない星が多い。

そのためその惑星の衛星軌道上には、別名・サービスエリアと呼ばれる、古いコロニーや元・軍事基地、巨大な小惑星などを改造した補給施設がある。

真っ当な配達業者の長距離運行の休憩所はもちろん、傭兵くずれや犯罪者の潜伏先としてもよく利用されるところだ。

その中の惑星リフスは、そのほとんどが岩石で出来ていて、大気の殆《ほとん》どはメタンガス。その惑星表面の温度はマイナス２００℃にもなり、常に時速６００㎞の暴風が吹き荒れている。

宇宙空間から見ている分には青くて綺麗《きれい》な星だが、そこに人類が降り立つことはない。

その衛星軌道上にあるサービスエリア『ドミルサ』は、比較的真っ当な連中が利用するサービスエリアだ。

こういったところで情報を手に入れる場合、配達業者に話を聞くのが一番効率が良いし安全だ。

もちろん状況によりけりだが、バーのマスターや傭兵なんかに情報を聞いた場合、ターゲットに情報が流れて逃げられたり、酷《ひど》い時には殺しにくる事だってある。

もちろん配達業者から流れる事もあるけれど、確率はずっと低い。

僕は『ドミルサ』の駐艇場《ちゆうていじよう》に船を泊めると、プラボトルのコーヒーを持って、配達業者達《たち》が集まっている駐艇場《ちゆうていじよう》の角にあった自販機の所に向かった。

そこでは、ベテランらしいおっちゃん３人がのんびりとタバコを楽しんでいた。

「こんちわっす」

「おう。おつかれ」

僕は配達業者《どうぎようしや》のような雰囲気をだしながら、こっそりとその輪に加わると、コーヒーを一口飲み、大きくため息をついた。

さてどうやって話を聞こうかと考えている内に、おっちゃん達はなにやら愚痴を言い始めた。

「最近よぉ……ほら……軍隊が気合い入れて海賊退治してるじゃねえか」

「ありがたいことだろ。お陰で安全に仕事ができるんだからよ」

「それがよぉ……また最近増えてるらしいぜぇ……規模はちっちぇえみたいだけどな」

「退治された連中の残りカスが、自分たちで一旗揚げようって考えてんだろ？」

「この辺にもいるんだよな～～1匹。タッシアだっけ？　あの毒塩の惑星。あの辺で出るんだよ」

「あんなとこでか？」

「近くにアジトがあるんだろうよ」

「俺が聞いたのは、タッシアの辺りでかなりデカイ海賊団に襲われたって聞いたぜ」

「軍隊が潰して回ってるのにか？」

「潰して回ってるからじゃねえのか？　ほら、逃げ回る的な」

「どちらにしても物騒なことだよな……」

今話に出た惑星タッシアというのは、別名『毒塩の惑星』と言い、海はあるが、その塩分濃度は55％という驚異的なものだ。

おまけに大気は水素と酸素と塩化ナトリウムなので、大地は塩で真っ白になっている。

しかもその塩には未知の毒性があり、使い道がないのが現状だ。

酸素があるから呼吸が出来るのではと思われがちだが、窒素がない上に、酸素の割合が40％もあるので凄《すご》い勢いで身体が酸化していくらしい。

ともかく今の話で海賊の出現する大体の位置が判明したので、今度はどうやって離れようか考え

ていると、

「お、こんな時間か。兄ちゃんお前はもう少し休んでいけよ。長距離は休憩が大事だからな」

おっちゃん達は休憩が終わったのか、タバコを消して、自分たちの船に帰っていった。


さっきの話だけでも十分な情報だったので、配達業者のおっちゃん達を見送った後、自分の船に帰る途中で強盗に絡まれた。

「おい！　金だせ！」

見た目の年齢からして12～13歳ぐらいの線の細い少年だった。

電磁ナイフ片手にこちらを威嚇《いかく》してきた。

こういった場合、反撃出来るならしてかまわないというのが世間の常識だ。

金だけならいいが命まで奪われてはたまらない。

「金だせっていいってんだろうが！　殺されたいのか？」

わめき散らす少年の様子に、手慣れた感じがないのが見てとれた。

なので僕は、慣れない早撃ちを披露し、強盗少年の腹を撃った。

「ぐあっ！」

威力は小さめにしていたが、爆発の威力もあるからかなり痛いはずだ。

案の定、強盗少年はあまりの痛みに声も出せないでいた。

皮膚は確実に焼けただれているだろう。

「もしもし警察ですか？　惑星リフスのサービスエリア『ドミルサ』で強盗に遭いまして。……はい……あ、そうですか。では、動けなくしておきますのでよろしくお願いします」

僕は強盗少年の電磁ナイフを踏みつけ、銃を強盗少年に向けたまま警察に連絡した。

幸いこの『ドミルサ』には警察の船が停泊していたらしく、すぐに引き取りに来るそうだ。

「うう……」

「動かないでね。動いたら撃つからね」

強盗少年がようやく声を出せるようになったらしい。

もちろん油断なく銃を向ける。

強盗少年は忌々しそうにこちらを睨《にら》むけど、悪いことをしたのはそちらが先だからね？

「くそっ……なんでお前みたいなキモデブに……」

「一応傭兵だからね。護身の方法はそれなりに身につけてるよ。銃の腕はあんまり良くないんで、外した時に大変だから威力は絞ってるんだ。だからそれぐらいですんでるんだ。容赦のない人なら君もう死んでるからね？」

そういった瞬間、電磁ナイフを踏みつけていた足に飛びかかってきたので、電磁ナイフから足を外して右に避けて距離を取り、強盗少年の側面から、腕の辺りに3発ほど撃ち込んだ。

「ぎゃあぁぁぁぁぁっ！」

その3発は、電磁ナイフを拾おうとした右腕・左肩・床に当たった。

「動いたら撃つからねって、言ったでしょ？」

僕は電磁ナイフを拾い上げ、うずくまる強盗少年に再度油断なく銃を向け、警察の到着を待った。

アーサー君みたいな主人公なら、この後に会話をして改心させたり、孤児だったら身元を引き受けたりするのだろうけど、僕はそういう事はやらないししたくもない。

するとようやく警官と捕縛ドロイドがやってきた。

当然だけど、こんな子供に賞金なんかはかかっていないしターゲットの海賊でもない。

まったく。銃の手入れをしてもらったとたんにこれなんだものなぁ。

ついてない。

モブ No.45

『こちらは銀河大帝国軍第2艦隊だ。現在大規模海賊団を捜索中。お前はそれを追っている傭兵だな？　直ぐに手を引け。あれは我々の獲物だ』

強盗少年を警察に引き渡すと、そのままこのサービスエリアで一晩をすごし、翌朝から毒塩の惑星タッシアに向かうことにした。

近くにゲートもないため地道に進むしかないので、自動操縦《オートパイロット》に船を任せ、もちこんだラノベを読んでいると、昼過ぎくらいに不意にコール音が鳴った。

僕に話しかけてくるような知り合いは片手で数えられるくらいだから、誰だろうと相手を確認すると、なんと相手は帝国軍の艦隊だった。

いったい何用なんだろうと思いながらも、通信を受けた。

「こちら民間艇『パッチワーク号』。帝国艦隊の方がいったい何のご用件でしょうか？」

すると現れたのは、いかつい顔の中年の男性軍人だった。

『こちらは銀河大帝国軍第2艦隊だ。現在大規模海賊団を捜索中。お前はそれを追っている傭兵《ようへい》だな？　直《す》ぐに手を引け。あれは我々の獲物だ』

ずいぶんと偉そうな口調で上からものを言ってきたが、どうやら彼らは海賊退治にやってきたらしい。

話の内容は『俺達《たち》の邪魔をするな』と、いうことらしいが、僕が探している海賊とは違うようだ。

ちなみに銀河大帝国軍第2艦隊は、以前助けられた事のある第7艦隊と同じ中央艦隊の討伐部隊だ。

そしてこの中央艦隊の司令官や佐官は、ほぼ100％貴族が務めているのは有名だ。

そしてその態度や思考は実に貴族的だ。

こっちが何者か名乗ってもいないのに、海賊退治をする傭兵だと決めつけて話をしている。

まあ間違いではないし、後から傭兵だと判明して色々文句を言われても嫌なので、正直に答えることにする。

しかしそれならそれで言葉づかいに気をつけないといけない。

言葉づかいの揚げ足を取られて、罰金だの不敬罪だのと言われかねないからだ。

「それなら大丈夫です。こちらの探しているのは小物なので。多分、潜伏先か逃亡先が同じ方向になっただけだと思います」

『では情報があれば開示しろ。出さないなら海賊の協力者と見なす』

なので言葉づかいを気をつけて返答したが、その辺は問題なかったらしい。

「たいした情報があるわけじゃないんですが……。毒塩の惑星タッシアあたりで大小両方の海賊が出たっていう噂話《うわさばなし》程度です。さらに情報を集めるために、今からそちらに向かってるところです」

隠したりする必要がないので正直に全部話した。

これで――嘘《うそ》を吐《つ》くな！　もっと有益な情報を持ってるだろう！――とか言われたらどうしようもない。

『ふむ……どうやら嘘ではないようだな。大規模海賊団の情報が手に入ったら、迅速に軍まで通報しろ』

「わかりました」

が、そんなことはなかったようだ。

落ち着いて考えれば、僕みたいなのが軍隊が追いかけるような規模の海賊団を単独で狙うわけないのだが、なにか焦るような事態でもあったのだろうか？

ともかくその辺りの事情は僕にはわかるわけはないので、気にする必要はないだろう。

先に出発したりすると色々めんどくさいので、艦隊に先行させてから改めて惑星タッシアに向かった。

そのせいか、惑星タッシアのサービスエリア『ルテタ』に到着した時には夕方を過ぎてしまっていた。

惑星タッシアは、『毒塩の惑星』という異名があるが、宇宙空間から見ると真っ白で、遠い恒星からの光を反射してキラキラと輝く美しい惑星だ。

この光景を見るために観光客などもやってくるため、かなり高い頻度で軍隊や警察のパトロールが回っている。

にもかかわらず。いや、人が集まるからこそ海賊に狙われるポイントになっている。

最近の大規模海賊団の討伐をきっかけに、小規模の海賊が増えてしまったのは皮肉な話だ。

そのためかどうかはわからないが、配達業者を始めとした様々な船が、かなりの数停泊していた。

やっぱり海賊のせいで足止めを食らっているのかもしれない。

その事実を確認するために、中にある酒場《バー》に向かったところ、配達業者らしい人達も含めたかなりの人数が集まっていた。

帝国ができたころ、もしくは帝国ができる前の時代に建てられたのではないかと思うぐらいに古い内装の酒場《バー》で、テーブルや椅子は本物の木製だった。

配達業者の人達の近くの空いている席に座りビールを注文する。

酒はあまり好きではないけれど、1杯ぐらいなら問題はない。

そうして彼らの話に耳を傾けていると、なるほどな話が聞こえてきた。

「しかし考えたな。業者で船団《キャラバン》作って移動とはな！」

「これなら簡単には手出しできないだろうよ！」

「でもこの前、ジュロの奴《やつ》が海賊に出くわして、積み荷を奪われたらしいじゃないか」

「その海賊は2人組だったっていうじゃないか。だったらこっちは数で勝てるぜ！」

「そうだな！　蜂の巣にしてやればいいんだ！」

どうやら彼らは、船団《キャラバン》を組んで移動する手段を取ったらしい。

たしかにそうすれば、なかなか襲いづらくはなるし、岩石破壊用のビームだったとしても、集中砲火を受けたら海賊はひとたまりもない。

護衛の戦闘艇を搭載していたりするかもしれないし、業者の中に元軍人や元傭兵みたいな人がいるかもしれない。

そういうリスクを考えれば、小規模な海賊なら襲わないのが賢い選択だ。

だが大規模な海賊の場合だと、向こうのほうが上手《うわて》なので格好の獲物になってしまう。

それにしても、酒が入っているとはいえずいぶんと大きな事を言ってるなあ。

これは軍に報告した方が良いのか悪いのか判断がつかない。

なのでとりあえず、配達業者のリーダーらしい人に、旅行者を装《よそお》って声をかけた。

「すみません。皆さん惑星ナチレマに向かう予定ですか？」

「そうだがあんたは？」

「寂しく一人旅をしてたんですが、この辺は海賊が出るっていうので、できれば一緒に行動したいのですが、よろしいですか？」

「ああいいぜ。少しでも数が多い方が脅しになるからな。あんた以外にも、おんなじことを考えた連中が山ほどいるからな。だが、出発は明日の朝６時だ。遅れるなよ。遅れたらそのまま出発するからな」

「有り難うございます！　助かります！」

マズイかもしれない。

とりあえず一緒に行動して、大規模なり小規模なりの海賊《むこう》の反応をと思ったがこれはマズイ。

配達業者だけの船団《キャラバン》なら大丈夫かもしれないけど、不特定多数の人間が一緒となると、その中に海賊の一味が交ざってる可能性がなくはない。

2人組のほうならまだいいが、大規模の方なら絶対勝ち目はない。

やめるように言ったとしても、やめてくれる様子は無いだろう。

とりあえず中座して帝国軍に連絡するかな。

僕はビールの代金を支払ってから店を出ると、船に戻って帝国軍に連絡をいれた。

『はい。こちらは銀河大帝国軍情報部です。ご用件をどうぞ』

画面《モニター》にでたのは、美人なアンドロイドだった。

しかも笑顔で機械的な応対をしてくれているので実に話しやすい。

生身の女性に、明らかに嫌そうな顔で応対をされるよりは何倍もマシだ。

「実は惑星タッシアに向かう途中に中央艦隊討伐部隊の第2艦隊と接触しまして、その時に追跡中の大規模海賊団に関する情報があったら報告しろと言われたので、報告の連絡をしました」

『有り難うございます。では情報の詳細を』

「はい。今現在、惑星タッシアのサービスエリアにいるんですが、そこから翌朝に配達業者たちを中心とした船団《キャラバン》が組まれます。その中に大規模海賊団の連絡役が交ざっている可能性があるんです。行き先は惑星ナチレマです。確実なものでは有りませんが、お伝え願えますか？」

『了解しました。情報の提供に感謝いたします』

これで、まあ合流は無理だとしても近隣宙域には来てくれるだろう。

モブ No.46

『まずは取り決めした陣形になるんだ！　そうすれば海賊など怖くはない！　これで引き寄せてから一斉射撃すれば、海賊共をある程度は撃退できる！』

翌朝。

集まった船団《キャラバン》を見て驚いてしまった。

何処《どこ》から集まったのか知らないが、なんと150隻近い貨物船や民間船が、惑星タッシアのサービスエリアの近くにひしめいていたからだ。

おそらく傭兵《ようへい》も少しは交じっている。

たしかにこれなら下手な連中なら手出しをためらうかもしれない。

でもやっぱりプロで大規模な海賊団には通用はしないだろう。

彼等《かれら》は戦闘と略奪のプロであり、装備もこちらとは段違い。

さらに指揮官が優秀なら、下手な軍隊より恐ろしいことになる。

以前のネイマ商会の護衛依頼のように傭兵がきちんと連携しているならともかく、集まっただけの状態ではあまり戦力にはならないだろう。

傭兵ギルドに依頼すれば良かったのに……。

まあ多分思いつきだろうし、配達期日の関係もあってそんな時間は無いってところだろう。

そのうちに船団《キャラバン》の発案者から声がかかった。

『今回、我々の呼び掛けに賛同し、集まってくれてありがとう！　これだけの船が揃《そろ》えば、簡単には襲ってこれないと思うが、海賊共はいつ襲ってくるかわからない！　十分に注意し、迅速に目的地の惑星ナチレマまで移動しよう！　では、先頭から出発だ！』

こうしてキャラバンは出発した。


目的地の惑星ナチレマまでは約２日間。

僕はできるだけ船団《キャラバン》の上部に陣取り、レーダーを起動させていた。

しばらく、というか１日目は何事もなく進んだ。

銀河標準時間における夜の時間は、大きな船の人間が交代で見張りにつく。

その時になにかあるかとも思ったがそれもなかった。

その翌朝もなにもなく。

船団《キャラバン》は順調に進んでいた。

だけど、異変はその日の正午を少し過ぎた時に起こった。

船団《キャラバン》にいた２機の小型艇がいきなり隊列から飛び出したのだ。

僕はその瞬間、飛び出したのが、第２艦隊が追っていた大物の方か、僕が追っていた小物の方かはわからないけれど、どちらかの海賊だろうと判断した。
あるいは両方かもしれない。
船団《キャラバン》の人達《たち》は困惑しているのか反応がない。
向こうもそれは理解しているだろうから、多少の油断はしているだろう。
あの2機の小型艇に奇襲をかけるなら、いいタイミングだ。
とはいえ、あの2機が本当に海賊かはまだ判断がつかない。
しかしその時、僕の船のレーダーには多数の船の反応があった。
もちろん船籍不明のものばかりだ。
「大規模な船団《キャラバン》が接近！　多分海賊だ！」
普通の船は船籍を隠したりしない。
そしてその船団《キャラバン》の全部の船が、船籍を隠しているとなれば間違いなく海賊だ。
『おい！　本当か？』
「間違いないと思いますよ」
『こっちもレーダーで確認！　間違いない！　海賊だ！　距離18億km！』
大型の船の通信士《オペレーター》が追加の情報をいれてくる。
そうなると、船団《キャラバン》の人達はパニックになった。
するとそこに若い男の声が響き、すぐに映像も流れてきた。

『落ち着け！　まずは落ち着いて、警察と軍に通報するんだ！　落ち着いて対処すれば必ず生き残れる！』

明らかにパニックを抑えるためのテンプレートなセリフだったが、それによってかなりパニックがおさまった。

『まずは取り決めした陣形になるんだ！　そうすれば海賊など怖くはない！　これで引き寄せてから一斉射撃すれば、海賊共をある程度は撃退できる！』

そして男の言葉をきっかけに、船団《キャラバン》が責任者の船を中心に傘のように綺麗《きれい》に並んだ。

どうやら僕が知らないうちになにかの取り決めがあったらしい。

『流石《さすが》は司教階級《ビショップランク》の傭兵だ！　頼りになる！』

どうやら船団《キャラバン》の発案者が雇い主らしく、顔を見たことがないのでちがう支部の人だろう。

僕の本音をいえば、直《す》ぐにでも逃げた方がいいと思うのだけれど、海賊《むこう》のほうが足が早いし、多少でも抵抗したほうが救援がくるまでの時間をかせげるのは間違いない。

それを考えると、この男の提案らしい迎撃もそんな悪い手ではないはずだ。

男はさらにこう続ける。

『とはいえ俺だけではどうしようもない。今この船団《キャラバン》にいる傭兵や戦闘ができるものは協力してくれ。先に迎撃に出ようとしたあの２機の位置まででてくれ』

そうして出てきたのは６機。

これで、僕と、先に迎撃にでようとした2機・司教階級《ビショップランク》の男を入れて10機となった。

そのメンバーを見る限り、僕が海賊と睨《にら》んだ2機のパイロットは両方とも女性だった。

その理由としては、その2人が同じような服を着ていて、顔もよく似ていたからだ。

多分姉妹なんだと思う。

あぶなかった。

あそこで大規模海賊団が来ず、僕があの2人を襲撃したら、あの2人が海賊と判明しても僕が悪人になるところだったお。

世間は常に美人の味方だからね。

最初にもらった資料には海賊の外見までは載ってなかったから、確認のためにも今のうちにローンズのおっさんに通信《メール》で追加の情報を頼んでおくかな。

すると急遽《きゆうきよ》、その10機だけの秘匿回線が、司教階級《ビシヨツプランク》の男から回ってきた。

『ここからは俺たちだけの内緒話だ。多分あの船団《キヤラバン》の中に海賊の連絡役がいる。そいつに作戦を聞かせるわけにはいかない』

傭兵は全員が事態を理解しているかもしれないが、海賊推定姉妹の方はどうなのだろう？

海賊同士なのだから、獲物を分け合うという提案をして向こう側に付きそうだけど。

『自己紹介といきたいが時間がない。俺に作戦があるのでしたがってくれ。船団《キヤラバン》の船からの砲撃で幕を作れば連中は二手に分かれるはずだ。そこを応戦する。さらに2機程が連中の背後に回り込んで挟み込む。この辺りが定番な作戦だと考える』

まさに教科書通り、僕でも思い付く作戦であり、効果的な手だ。

まあ海賊《むこう》もそれぐらいはわかっているだろうけど。

そして問題は、

『それで敵の背後に回る役目だが……』

敵の背後に回る役目だ。

敵が慌てている間に背後にまわる訳だが、もし見つかったら間違いなく撃沈の危険がある。

『そこの薄茶色の船のあんたに頼みたい。あんた多分、騎士階級《ナイトランク》だろう？』

僕は傭兵と名乗ってないのに、勝手に傭兵だと決めつけて役目を押し付けてきた。

その時の司教階級《ビシヨツプランク》の男の顔は、学生時代の《アロディッヒ・イレブルガス》クソ陽キャと似ていた。

「ああ。了解したよ」

だが、誰かがその役目をやらないといけないのだから断る理由はない。

それに僕が騎士階級《ナイトランク》なのは間違いないからね。

『……そうか。じゃあよろしく頼む。後は……バト。頼めるか？』

『まかせな！　俺が確実に仕留めてやるぜ！』

司教階級《ビシヨツプランク》の男は、僕があっさり返事をしたのが気に入らないらしい。

多分僕がごねたところに、――ここにいる全員の命がかかっているのに、我《わ》が儘《まま》を言うな！――

とか罵るつもりだったのだろう。

　そして自己紹介をしていないのに、他のメンバーを名前で呼んだところをみると、後の6人は司教階級《ビショップランク》の仲間なのかもしれない。

『じゃあその2人は、こっちの砲撃と同時に向かってくれ。残ったメンバーは、海賊《やつら》が分かれた方向に半々に分かれて迎撃だ！』

　こうして、帝国軍《えんぐん》と警察が来るまでの時間稼ぎが開始されることになった。

モブ No.47

『よく聞け獲物共！　俺達は泣く子もだま――『今だ！　一斉射撃！』

なんとなく疑念が残る作戦会議が終了したところで、ついに海賊が肉薄してきた。

大小取り混ぜた海賊旗《ジョリー・ロジャー》のマークがこちらを睨《にら》み付けるように向かって来ていた。

『よし！　みんな落ち着け！　よく引き付けてから、俺の合図で撃ち始めるんだ！』

司教階級《ビショップランク》の男が船団《キャラバン》の人達《たち》を鼓舞し、指示を出す。

それから数分の沈黙があり、海賊からこちらに対してオープンチャンネルで通信があった。

『よく聞け獲物共！　俺達は泣く子もだま――『今だ！　一斉射撃！』

海賊のボスらしい男が話している途中に、司教階級《ビショップランク》の男の合図で、一斉射撃が開始された。

岩石破壊用のビームとはいえ、１５０隻近い船が一斉に放ったそれは、光の雨の様だった。

先頭にいた連中は、油断もあってか、見事に被弾・撃沈していった。

僕とバトと呼ばれた傭兵《ようへい》は、海賊達がその事態に驚いている隙に、彼等《かれら》の背後をとることに成功した。

だが攻撃するのは、二手なり三手なりに分かれた後だ。

そうでなければ意味がない。

『くそうっ！　ふざけやがって！　横から回り込め！』

案の定、海賊達は二手に分かれてくれた。

それにしてもあの海賊、通信回線をオープンにしたままだから作戦がこちらにダダ漏れなんだが大丈夫なんだろうか？

ともかく海賊達が二手に分かれてくれたのだから、やることはひとつだ。

『おっし！　じゃあ俺が旗艦のいる右！　あんたは左だ！』

「了解」

そうしてほぼ同時に、最後尾の船に陽子魚雷《プロトントーピード》を撃ちこむと、ド派手に爆発してくれた。

『いまだ！　行け！』

その合図と共に、船団《キャラバン》側にいた8機が一斉に攻撃を仕掛け、船団《キャラバン》の岩石破壊用ビームを二手に分けての射撃を開始した。

このまま押しきれれば勝てる？　とも考えるけれど、そんなに甘くはなかった。

海賊達は二手に分かれ、最後尾の船が大破したにもかかわらず状態を立て直し、大型の船にバリアを張り、それを盾に船団《キャラバン》にジリジリと近づきはじめた。

もちろんこれにも対策はある。

単純に下がりながら、岩石破壊用ビームを撃ち続けることだ。

しかしそれも時間稼ぎにしかならない。

司教階級《ビショップランク》の男が、船団《キャラバン》の人達に指示や檄《げき》を飛ばしてなんとか持たせているが、時間の問題だろう。

それに、この船団《キャラバン》に紛れ込んでいる海賊団のスパイがなんらかの行動に移りかねない。

このままじり貧かなと思っていた時、海賊達の上方向から、熱源が迫ってきた。

なので僕は、慌てて海賊達から離れた。

その熱源により、海賊達の船がことごとく大破していく。

間違いなく、艦隊からの一斉射撃だ。

そして間髪を容《い》れずに、

『海賊共に告ぐ！　我々は銀河大帝国軍第2艦隊だ！　抵抗するなら更なる一撃で宇宙の塵《ちり》に変える！　抵抗か降伏か好きな方を選べ！』

若い男、おそらく艦隊司令官が海賊達に勧告を行った。

どうやらこちらの報告と、船団《キャラバン》の人達の通報をちゃんと聞いてくれたらしい。

が、こちらへの通告なしでの艦砲射撃は酷《ひど》いだろう。

反応が遅かったらお陀仏《だぶつ》だった。

この辺りが、ちゃんと通告をしてくれる第7艦隊とはちがうところかな。

それからすぐに警察もやってきて、海賊達はことごとく捕縛された。

第2艦隊は、処理を全部警察に丸投げして、すぐにその場を後にした。

それから警察は、捕縛した海賊を連行・その場の残骸の処理・船団《キャラバン》の先導兼護衛とに分かれて行動を開始した。

護衛する理由としては、もしかしたら残党がいて、襲ってくる可能性がなくはないからだそうだ。

でも普通それは軍の仕事だと思うんだけど。


そうして半日の移動の後、惑星ナチレマにたどり着いた。

その宇宙港のロビーで、戦闘をした10人に対して、船団《キャラバン》の責任者がお礼を言ってきた。

「いやあ皆さん！　有り難う御座いました！　まさか我々が海賊とあそこまでやりあえるとは思いませんでしたよ！」

責任者は、多少なりとも自分たちが海賊を怯《ひる》ませた事に興奮しているらしい。

「護衛を依頼された俺達としては、報酬を期待するだけなんだがな」

「もちろん期待してくれたまえ！」

責任者はにこにこしながら、司教階級《ビショップランク》の男の手を握っていた。

そして僕と海賊推定姉妹にも近寄ってくる。

「それから、君たちにはこれを。色々かかって手持ちが少ないので、わずかばかりだが受け取って欲しい」

そういって渡された封筒には、現金《キャッシュ》で20万クレジット入っていた。

「有り難うございます」

「まあ端金《はしたがね》でもないよりはマシね」

「失礼ですよシーラ姉さん」

海賊推定姉妹は堂々と封筒を受け取り、中身を確認していた。

さて、どうやって彼女達を海賊と特定しようかと考えていたところ。

「じゃあこれで解散と言いたいが」

司教階級《ビショップランク》の男の仲間が、海賊推定姉妹を拘束した。

「ちょっとなにするのよ！」

「いやっ！　離してください！」

「黙れ！　海賊風情が！　さっきまでは緊急時だったから見逃してやっていたが、海賊とわかれば容赦はしない！」

「どこにそんな証拠があるのよ！」

「痛い！　痛い！」

海賊推定姉妹は、司教階級《ビショップランク》の男を睨み付けるが、司教階級《ビショップランク》の男とその仲間は厳しく睨み返すだけだった。

そして司教階級《ビショップランク》の仲間たちは、海賊推定姉妹の封筒も取り上げた。

意地が悪いな。

金を自分たちの懐に入れるために、彼女達が報酬を貰《もら》うまで放置したんだろう。

こっちはローンズのおっさんからもらった追加情報で外見を確認できたけど、彼等がどうやって彼女達を海賊と特定したのかも気になるし、こちらとしてはどうしてもやらないといけないことがある。

「あー。ちょっといいですかね？」

司教階級《ビショップランク》の男は、僕が声をかけた事に、イラつきながら視線を向けてきた。

「なんだ!?」

「彼女達が海賊だと断定した理由はなんです？」

「依頼人の知り合いに、この2人の被害者がいて特定した」

司教階級《ビショップランク》の男の言葉と同時に、若い男が前にでてきて、海賊推定姉妹を睨み付け、

「お前達に荷物を奪われたせいで、俺は大変な目にあったんだからな！」

と、罵声を浴びせた。

姉の方はプイと視線を反らし、妹の方は不機嫌そうに男を睨み付ける。

その様子を見る限り、被害者に間違いはないようだ。

「なるほど。では被害者の方、傭兵ギルドに依頼はだしましたか？」

「いや。そんな金がなかったからだしてない」

「では、私の方で受けた依頼は別の人が出したものですね」

これだけわかれば後は簡単だ。

多分司教階級の男と仲間《こいつら》は、僕が先に目を付けていたといっても聞かないだろうし、手柄を譲った方が面倒は少ないだろう。

そう考えていた矢先に、向こうから文句が飛んできた。

「さっきからなんなんだ？　手柄でも横取りしようとでも言うのか？」

司教階級《ビショップランク》の男は、こちらを蔑《さげす》むように嘲笑してきた。

まあ、それぐらいは予測の範疇《はんちゅう》だ。

「そんなことはしませんよ。まず、僕は依頼を受けてその2人を捕縛するべく色々探っていて、大規模海賊襲撃の時に目星をつけました。しかし確定はしていなかったので捕縛はしていませんでした。そこに、そちらは海賊と確定できて捕縛した。こういう場合は『外的要因による捕獲』ということで、こちらが受けた依頼は無効になりペナルティは無し。かけられていた賞金は捕獲者に支払われます。その辺をスムーズにするための確認ですよ。司教階級《ビショップランク》の人ならご存知のはずですよね？」

追い詰めていたのを目の前でかっさらったりした場合は別だが、向こうは僕があの姉妹を追いかけていたのを知らなかったし、僕はこの場を解散してから、確定と捕縛を考えていたから、こうなった場合は仕方ない。

「受けた依頼と言ったな？　お前、傭兵だったのか？」

司教階級《ビショップランク》の男は、慌てた様子で僕が傭兵かどうか聞いてきた。

「はい。あなた方とはちがう支部に所属しています。ところでさっきの『外的要因による捕獲』の手続きの話はご存知ですよね？」

「あ！　そうだそうだそうだった！　うん！　それで進めてくれ！」

明らかに話を知らなかった感じだな。

ともかく、傭兵ギルドと警察に連絡をする。

「……よし。手続きは終了。そちらのギルドで報告して、報酬を受け取ってください。警察もすぐに……ああ、きましたね」

意外にも、警察は早くにやってきた。

多分、警護についていた船に乗っていた警官なんだろう。

早くにやってきた警察は、すぐに海賊姉妹を捕縛した。

海賊姉妹は色々わめいているが、逃げられるはずはない。

すると、司教階級《ビシヨツプランク》の男の仲間が――余計なことしやがって――てな顔で睨んできた。

多分、仲間内であの海賊姉妹を楽しむつもりだったんだろう。

その後で警察に引き渡すつもりだったか、もしくは売り飛ばす予定だったのかも知れない。

しっかり犯罪だし、場合によっては匿《かくま》ったことになって犯人の逃亡幇助《とうぼうほうじょ》になるんだけど……。

多分理解してないっぽいな。

というか本当に司教階級《ビシヨツプランク》なのかな？

それ以前に本当に傭兵かどうかも怪しい。

まあ、追及はしないけどね。

そしてそんな事は知るはずもなく、

「観念しなさいクロア。あんなオタクみたいな奴《やつ》に捕まえられるよりははるかにマシよ」

「そうですね……多少なりとイケメンのほうが、シーラ姉さんにはありがたいですものね」

「クロア……。それはどういう意味かしら？」

「ひいっ！　ごめんなさいシーラ姉さん！」

美人海賊姉妹は、僕に捕まらなかった事を大変に喜んでいた。

「では私はこれで」

そういって、僕はその場を後にした。

下手に絡まれないうちに、さっさと逃げるにかぎる。

☆　☆　☆

【サイド：司教階級《ビショップランク》？　達】

大型の貨物船の内部で、７人の人物が、酒の入ったグラスを片手に盛り上がっていた。

「それにしても上手《うま》くいったな！」

「本当にバカな海賊共だったぜ！」

「あのクソオタ野郎が邪魔しなけりゃ、おまけも楽しめたのによ……」

「しかしあのオタ野郎がマジで傭兵とはな……」

彼等が好き勝手に話していると、不意に部屋にあったモニターの画像が切り替わった。

『ご苦労だった』

それを見た瞬間、彼等は起立し、敬礼の状態になった。

『今回お前の提案した、民間人を囮《おとり》にして、海賊共に情報を渡し、民間人と戦闘させ、消耗したところを我々が一網打尽にする作戦は上手くいった。帰還して次の指示をまて』

モニターに映った若い男は、それだけを伝えると通信を切ろうとした。

「ちょっとは休暇を下さいよ。おまけも手に入れ損なったのに」

そこに、男達の１人が要求を伝えたところ、

『余計な事はするな。お前達は愚直に上からの命令にしたがっていればいいのだ』

若い男は不機嫌な表情をし、直《す》ぐに通信を切った。

するとそのモニターに、グラスが投げつけられた。

「くそっ！　親のお陰で司令官になった癖に偉そうにしやがって！」

「なあ。気晴らしにあのクソオタ野郎殺しにいこうぜ！」

「落ち着け」

彼等は怒りを露《あらわ》にし、ストレスの解消を提案したりするが、司教階級《ビショップランク》の男が諌《いさ》める。

「目立つ行動は止《や》めろ。それに、今はせいぜい威張らせてやればいい。今は、な」

司教階級《ビショップランク》の男の言葉に、全員が落ち着きを取り戻し、不敵な笑みを浮かべた。

モブ No.48

「嫌な話だなあ……」

美人海賊姉妹捕縛の依頼が横槍《よこやり》で消滅して、その横槍を入れてきた連中に絡まれないように、素早くイッツに戻れたのは、本当にラッキーだったお。

あの司教階級達《ビショップランクたち》が、美人海賊姉妹で楽しめなかった事で僕を逆恨み？　して、襲撃くらいはあるだろうかと思っていたのだけれど、それもなかった。

その事に安堵《あんど》しながら、船を駐艇場《ちゅうていじょう》に停め、受付《カウンター》に向かった。

でもやっぱり、連中が潜んで居ないか気にはなってしまう。

「うっす」

「よう。依頼は失敗だったらしいな」

僕が声をかけると、ローンズのおっちゃんは、ニヤリと笑いながらこちらを向いた。

「失敗じゃなくて無効だよ。依頼を受けてない奴《やつ》がたまたま捕まえただけ。きちんと連絡したっしょ」

「冗談だよ。でも、なんで自分の獲物だっていわなかったんだ？」

「確定前だったし、面倒臭い連中だったからね」

「お前らしいな」

ローンズのおっちゃんは、今度は歯を見せて笑った。

ちなみに、謝礼金をもらった事も連絡済みなので、後ろめたい事もない。

そして適当な仕事を選ぼうとした時に、ふと人影が現れた。

「あ、ウーゾスさん良いところに！」

「げ……」

そこに現れたのは、超絶美少女男の娘《こ》受付嬢の、アルフォンス・ゼイストール氏だった。

「なんですか？　私の顔になにかついてますか？」

「別に何にもないです」

お願いだから話しかけないで欲しい。

別に『彼』が何かをしたわけではない。

先も言った通り、超絶美少女男の娘受付嬢なために、『彼』と仕事の会話をしているだけで、周りから嫉妬と殺気を飛ばされるのだ。

それを察したのか、ローンズのおっちゃんがゼイストール氏に話しかけてくれた。

「ところで、こいつになんか用か？」

「はい。ウーゾスさんにだけではないんですが、今し方こういう依頼が回ってきまして」

ゼイストール氏は、映像書類《ホロ・ペーパー》を見せてくる。

「なになに……『イコライ伯爵領惑星テウラでの惑星上戦闘による対テロリスト戦力補充要請』？　最重要案件じゃないか！」

「惑星表面での戦闘依頼です。統治者のイコライ伯爵は現・皇帝派で、領民の生活は平穏だったそうです。ところが突然、『正しき者達』と名乗る反・皇帝派レジスタンス勢力が登場し、エネルギープラントや工業地帯を占拠したそうです」

その内容は実に傭兵《ようへい》らしい、戦闘への参加だった。

だが、それを鵜《う》呑《の》みにするほど単純じゃあない。

「その伯爵が裏で悪いことしてたんじゃないの？　あと息子とかが」

表面だけ善人を気取っている貴族なんか、掃いて捨てるほどいる。

「どちらも悪い噂《うわさ》はありませんね。ちょっと癖の強い人物らしいですけど」

その癖が強いというのが、一番の問題を含んでいるように思うのは気のせいだろうか？

「それに、普通そういうのは軍が対処するものなんじゃないの？　帝国のエネルギー供給の最重要地点なのに」

「軍に要請はしたそうですが、反・皇帝派が邪魔をしてくるかもしれないので、迅速に対処したいという事だそうです」

「嫌な話だなあ……」

なぜ今回の依頼が、こんなにも重要視されているのか？

さっきも話にでたが、惑星テウラが帝国のエネルギー供給の最重要地点だからだ。

惑星テウラは、帝国領地になる前のネキレルマ星王国時代は何にもない惑星と判断され、開発などは一切されていなかった。

帝国に侵略された時も、当時の統治者は、防衛もせずに住民など殺されても良いとばかりに放棄したくらいだった。

それをイコライ伯爵、当時は男爵だった一族が、100年前に、公爵閣下の祖父にあたる、今代《こんだい》より4代前の皇帝陛下より下賜《かし》されてから、ずっと開発し続けて住民の生活を向上させ、40年前にようやく本格的な惑星の調査が開始された。

それから5年間の調査の結果、エネルギー鉱石であるトライダムの鉱脈を発見したのは、帝国の歴史の教科書にも載っている有名な話だ。

トライダム鉱石は、溶解した後に精製して不純物を取り除くことで、綺麗《きれい》なオレンジ色の結晶になる。

これをさらに溶解させることで、都市の機能維持や移動手段の動力といった物に必要なエネルギー燃料になる。

惑星テウラには調査の結果、大銀河帝国全体のエネルギーを、約1万年間賄う事ができるだけのトライダム鉱石があるという。

そこがテロリストに狙われたのだから一大事だ。

おそらく、情報の整理と精査が済めば、すぐにでも速報が流されるはずだ。

「今回テロリスト側への戦力提供はなし。当たり前だな。どうする？　受けてみるか？」

ローンズのおっちゃんは、映像書類《ホロ・ペーパー》をこちらへ差し出してくる。

大気内部での戦闘経験がなくはないが、豊富ではないため、あんまり自信はない。

それに、なんとなく貴族の派閥対立がからんでくるんじゃないかという、嫌な感じもする。

だけど、傭兵同士での戦闘にならないのは気分的に楽だ。

そしてなにより、今後の自分たちの生活に関わるのだから受けないわけにはいかない。

しかしそれでも調べてからでなければ受けないのが僕のやり方だ。

「とりあえず、もう少し考えてからにするよ。受付期間はまだあるっしょ？」

そう言って受付《カウンター》を後にした。


組合《ギルド》を出てから、情報を仕入れるために、パットソン調剤薬局《ゴンザレスのところ》に向かった。

闇市商店街はいつもの雰囲気で、今回あの肉屋さんは新作を出していないようだ。

そうして、パットソン調剤薬局《ゴンザレスのところ》に到着したのだが、扉には『臨時休業』の張り紙があった。

店はもちろん、裏の自宅のインターホンを鳴らしても出ないので、腕輪型端末《リスト・コム》で通信《でんわ》を入れたところ、

『よお。珍しいな、通信《でんわ》してくるなんて』

ちょっと疲れた様子で電話にでた。

「今お前の店の前にいるんだけど、臨時休業ってどうしたんだ？」

もしかして身体《ボディ》に故障でもあったのだろうか？

『薬剤師組合の会合でさ。持ち回りで司会進行が回ってきたんだよ。どうせ年寄りの長話だけなんだからブッチしたいんだけど、断ったら資格剝奪とかの噂があるからさ』

しかしそんな心配もなく、ものすごく嫌そうな顔で、助けてくれという雰囲気で愚痴を垂れ流してきた。

普段はクールぶっているが、案外逆境に弱いからなあいつ。

ともかく助けるのは無理っしょ。

戦闘的なことならともかく、職務上の義務的な事は無理だ。

僕は完全に無関係な人間だからね。

「大変だな……」

『しかも――今度からは君に専属で頼もうかな？――とか言いながら尻をさわってくる爺《じい》さんまでいてよ～～』

「本当に大変だな……」

中身を知っているならともかく、知らなければ今のゴンザレスの外見はかなりの眼鏡美人だ。

ゴンザレスが薬剤師の資格をとったのは、大学での事故の後。

普通、全身儀体は生前の本人そのままになるように作られる。

外見を変えたとしても、性別までは変えないのが一般的だ。

つまりその爺さん達にとっては、ゴンザレスは生まれついての眼鏡美人薬剤師なわけだ。

中身が男と言えば、専属司会の仕事は免れるだろうけど、薬剤師の資格を剝奪されかねないねこりゃ。

『つーわけで、情報は占いのばあちゃんにでも聞いてくれ』

「わかったよ。まあ、頑張れ」

『あー嫌だなあ……』

ゴンザレスは、最後まで嫌そうに呟《つぶや》きながら通話を切った。

今度会ったらグッズでも奢《おご》るかな……。

モブ No.49
「せいぜいくたばらない程度に励《はげ》んでくるんだね」

パットソン調剤薬局《ゴンザレスのうち》を後にした僕は、そのまま繁華街の一角にある『占いビル』に向かった。

相変わらず迷路のようなビルの内部《なか》を進み、『水晶玉占い』とだけ看板に書かれた店に入った。

そこには、足音を消すための毛足の長い深緑の絨毯《じゅうたん》が敷かれた空間に、濃い紫の布のかかったテーブルが置かれていた。

そしてその向こうに、少々鷲鼻《わしばな》で、まさに魔女といった風貌をした、灰色のフード付きのローブを着た老婆が居て、にやりと笑っていた。

「おやいらっしゃい。久しぶりだねえ」

婆《ばあ》さんからすれば営業スマイルな感じなのだろうが、こっちにとっては恐怖にしかならない。

それをおし殺してとりあえず挨拶をする。

「相変わらず元気だねえ」

「これでも美容には気を遣ってるんだ。とはいえ、この歳《とし》になりゃあガタのひとつもでてくるからね。今度全身儀体にでもして、若返ってやるつもりさね」

「全身儀体は、事故なんかで生命に危険があるとか、身体に重大な疾患があるとかじゃないとしてくれないっしょ？」

「そこは抜け道があるのさ。いろいろ知り合いも多いからね」

にやりと笑う婆さんの、ロスヴァイゼさんみたいな野望を止めようとしたけど、どうにもならないという事がわかっただけだった。

「とりあえず情報ちょうだい……」

なので、本来の用件をすませるべく、封筒をテーブルに置いた。

「イコライ伯爵領惑星テウラでのテロ関連だね。ちょいとお待ち……」

何の情報だと言ってないのによくわかるなあ。

まあ、僕がわかりやすいだけなのかも知れないけど。

婆さんは封筒を懐《ふところ》に仕舞い込むと、水晶玉《モニター》に手をかざし、むにゃむにゃと呪文《起動キーワード》を唱え、しばらく水晶玉《モニター》を眺め始めた。

「ふむ……。イコライ伯爵にもその息子にも、あまり悪い噂《うわさ》はないね。まあ、息子は少々態度が大きいのと、伯爵本人の人相が悪いくらいかね」

「癖があるって聞いたんだけど？」

ゼイストール氏が言っていたことが気になって尋ねたが、

「きちんとした貴族の血筋なのに、そう見えないところさね」

「だからどんな感じなの？」

「知りたきゃ仕事を受けるんだね」

軽くかわされてしまった。

「わかったよ。で、テロリストのほうは？」

「主な主張としては、『重要なエネルギー資源を皇帝が独占して、利益を貪るのは間違っている』てのを掲げてるらしいね」

「先代《せんだい》・今代《こんだい》の皇帝陛下はそんなことはないんだけどなあ……」

さらにいえば、惑星テウラでトライダム鉱石が発見されたのは先代の皇帝陛下の御代《みよ》で、独占して利益を貪った事実はない。

裏に回ればわからないけどね。

「多分、連中の正体はネキレルマ星王国の連中だね」

ネキレルマ星王国というのは、帝国の隣国であり、100年前《むかし》に戦争を仕掛けてきて、帝国に負けそうになったとき、領地の一部を差し出して、植民地化を見逃してもらった国だ。

「惑星テウラは、ネキレルマ星王国統治下の時には、開発もされず、資金援助もせずに放置されていた。さらには他の星の連中からは、田舎者だの原始人だのと差別されていた。さらに、帝国に侵略された時は、守りもせずに放棄された上に、帝国への停戦条約の手土産としてあっさりと引き渡された。いらないものを押し付けるようにね。にもかかわらず、開発されて莫大《ばくだい》な金が手に入るとわかったとたん、『あの惑星は本来、ネキレルマ星王国のものなんだから取り返す』てな事になったんだろうさ」

婆さんは、淡々とした口調で惑星テウラの歴史を語ってくれた。

その表情には、怒りが込められていたような気がしたが、聞かないようにした。

「てことは、惑星テウラの人達《たち》がテロリストに協力は……」

「するわけないじゃろう。開発もされず、差別されて、おまけに生け贄《いにえ》みたいな扱いをしてきたネキレルマ星王国と、開発に力をいれて生活を向上させてくれて、裕福な生活をさせてくれている帝国貴族のイコライ伯爵のどちらを取るかは明白さね。それに、先代・今代の皇帝陛下の尽力で貴族や生粋の帝国民の意識も少しずつ改善している今の帝国と違って、ネキレルマ星王国は過去の帝国と同じぐらい貴族共が馬鹿だからね。テウラの人達は財産を全部奪われたうえに奴隷同然の扱いをされるだろうさ。まあそのお陰で、今の帝国がマシに見えるんじゃがな」

なかなかハードな状況だけど、地元民が敵に回ることはなさそうだ。

「まあ。エネルギーの供給元が減るのはヤバいからなあ……」

頭の悪い僕でも、惑星テウラがこのままネキレルマ星王国に奪われるのはマズイ事だと理解できる。

「せいぜいくたばらない程度に励《はげ》んでくるんだね」

婆さんがにたりと笑いかけてきた。

とりあえず怖いから止《や》めて欲しい。

とにかくその日は家に帰り、ゆっくり休む事にした。

夜のニュースでは、早速イコライ伯爵領でのテロの事が報道されていた。

これだけ騒がれているのだから反皇帝派も表だって邪魔ができないのではと思うのだけれど、そこまではわからない。

テレビでは、今回のテロによるエネルギー供給への影響だの、テロリストたちの正体だのといった話題を、文化人という人達が熱心に推理を披露しあっていた。


翌日。

僕は依頼を受けると、その足でイコライ伯爵領である惑星テウラに向かった。

その宇宙港には、かなりの船が集まり、地上への降下許可をまっていた。

データで整理券を受け取るも、かなり待たされそうなので、用意してきたラノベを読むことにした。

この間新刊がでたやつで、『転生したらキャンピングカーでしたがなにか文句ある？』だ。

プラボックスのコーヒーも準備して早速と思った時に通信《でんわ》がかかってきた。

その相手は、出来ればかかってきてほしくない相手だった。

「はいもしもし……」

『お久しぶりですねキャプテンウーゾス♪』

「なんか用ですかロスヴァイゼさん」

『同じ戦地にいくのですからご挨拶をと思って』

画面《モニター》に映った彼女の表情と声のトーンから、なんだか嬉《うれ》しそうなのがわかる。

その原因がなんとなく想像出来てしまうのが悔しい。

とはいえ、ロスヴァイゼさんがいるなら、勝ちは決まったようなものだけど、油断は禁物だな。

「やけに機嫌がいいみたいですけど、なにか良い事でもあったんですか？」

『はい！　ついに私の分体となるアンドロイドが完成したんですよ！』

多分そうだろうとは思っていたが、それははっきり言って最悪の情報だ。

『アンドロイドといっても、機械と生体をミックスしたハイブリッドで、見た目は生身の人間と見分けがつかないレベルなんですよ！　食事も出来るしアッチのほうも可能な超ハイスペック仕様！これで停泊中も退屈しなくてすむようになります！　まあ受け取りはまだなんですけどね』

彼女は嬉しそうに、自分の分体のスペックを説明し、

「それは……おめでとうございます」

『ありがとうございます♪　この仕事が終わったら、晴れて受け取りなんですよ！』

人間なら間違いなく死亡フラグなセリフを並べてくれた。

それにしても、元々戦闘艇の彼女に食事やらアッチやらが必要なものなのかは謎だ。

それだけ、古代文明の人工知能《AI》は優秀なのだろう。

ところで、ロスヴァイゼさんの分体が出来たとなれば、イキリ君ことランベルト・リアグラズ君はどうなってしまうのだろうか？

「そういえば、それを受け取ったら、ランベルト・リアグラズ君はどうするんです？」

前々から、優秀な人間を乗せたがっていたけれど、これで彼は用済みになる。

気になって尋ねたところ、彼女は急にあらぬ方向を向き、

『い……今のところは乗せておいてあげています。有名になってしまいましたし、色々気遣いはできる人なので』

恥ずかしそうに彼への対応を述べてくれた。

はい。ツンデレ古代兵器の爆誕だお。

出会いは最悪っていうのはお約束だからね。

モブ No.50

「ま。派手な空中戦は派手な連中にまかせて、俺達は地上部隊の航空支援任務という、地味な仕事をするだけだな」

ロスヴァイゼさんの身体が出来上がった事に恐怖しているうちに、地上への降下許可の順番がまわってきた。

僕の船『パッチワーク号』は旧式で、色々手を加えているが、基本的に宇宙・地上の両方で使用できる汎用型《マルチタイプ》で、武装も付け替えが可能だ。

今回僕が、仕事を受ける際に希望したのは、地上部隊の航空支援任務だ。

理由は、イコライ伯爵領で大量に補充がきくことがわかっている、小型空対地ミサイルポッド『スローイングナッツ《投げる木の実》』を2基搭載する予定だからだ。

威力はまあまあだけど、小型なだけあって、ポッド1つの装弾数が9発もある。

名前の由来は、ミサイルのサイズが他の空対地ミサイルより小さいからという事だそうだ。

ミサイルなので、宇宙空間でも使えないことはないが、当てるのは大変だろう。

もちろん量産品で、惑星大気内の哨戒機《しょうかいき》や爆撃機の補助兵装として採用されている。

つまり、トライダム鉱石の鉱山や、エネルギープラントの警備の為《ため》の哨戒機に使われているため、予備弾薬が豊富にあるわけだ。

地上部隊の航空支援の他には、敵航空隊の排除任務もあったが、ロスヴァイゼさんがいるなら必要はないだろう。

まあ、ロスヴァイゼさんがいなくても敵航空隊の排除任務は受けなかったけどね。目立ちたくないから。

『「パッチワーク号」は降下を開始してください。着地ポイントを間違えないように』

「了解です」

遥《はる》か昔には、大気圏突入は大変な苦労があったらしいが、今では全ての船、どんな小型船であろうと、熱の壁による空力加熱《断熱圧縮》の心配はしなくていいような素材で出来ているから、簡単に惑星表面に下りることができる。

とはいえ大気圏突入時には注意を怠ってはいけない。

熱の壁は大丈夫でも、身動き？　が、取りづらくなるのだけは解消出来ていない。

もしこの時なにか起こってしまったら、さすがにどうにもならないからね。

無事に大気圏を突破して見えてきたのは、茶色くだだっ広い、砂と岩の続く荒野だった。

着地ポイントを間違える事なく地上に下りると、かなりの数の戦車や装甲車、大気圏内用の戦闘機や汎用型の戦闘艇がひしめいていた。

自分の船を所定の位置に置くと、直《す》ぐ様《さま》数人の整備兵が近寄ってきた。

「希望の兵装に変更はあるかい？」

リーダーらしい人が僕に質問してくる間にも、部下の人達《たち》は燃料の補給や点検を開始していた。

「いや。要望どおり小型空対地ミサイルポッドの『スローイングナッツ《投げる木の実》』を2基でよろしく」

「わかった。今ぶら下がってる陽子魚雷《プロトントーピード》は預かっとくぜ」

「よろしくっす」

そう返答すると、『スローイングナッツ』2基が直ぐ様運ばれてきて、あっという間に換装が終了した。

ここの整備兵の人達は優秀みたいだ。

事前に要望書を提出しておいて正解だった。

それが終わると、傭兵《ようへい》達が並んでいるテントのところに行き、チェックをすました。

そのまわりでは、宿泊用のテントの貸し出しや、簡易シャワーのテントが並んでいたり、食事の炊き出しやなんかが行われていたりする。

さらには、かなりの数の露店商がズラリと並んでいたりして、まるでどこかの市場のようだ。

その光景をぼんやり見ていると、

「よう！　あんたも来てたのかい！」

「ぐふっ！」

背中を思い切り叩《たた》かれた。

痛みに耐えながらも振り返ってみると、僕の背中を叩いたのは、以前ネイマ商会の護衛の仕事でいっしょになったモリーゼ・ロトルアだった。

「お……お久しぶりです……」

がさつで、サボり癖や人をからかったりする悪癖はあるものの、美人で高身長。筋肉質ではあるが均整のとれたプロポーションをしている彼女は中々に人気者だ。

彼女には失礼だけど、あまり近寄りたくない。

もちろん向こうはそんなことを気にするはずもなく、

「向こうでアーサー達を見たよ。やっぱり戦闘は、仲間内で分かれる事がある貴族同士の嫌がらせみたいなのより、こういう仲間内で分かれる必要のない、ぶちのめす相手がわかりやすい方がいいね！」

楽しそうに僕の肩をバンバン叩いてくる。

「まあ……そうっすね……アーサー君達もいるなら頼もしいですしね」

僕がその痛みに耐えていると、

「おまけに『女豹《レオパール》』に『羽兜《はねかぶと》』。『漆黒の悪魔』と『深紅の女神《クリムゾン・ゴッデス》』までいたからな。俺はテロリスト共が可哀想《かわいそう》になってきたぜ」

僕とモリーゼとの会話に割り込んできた人がいた。

それは、モリーゼ同様に、ネイマ商会の護衛で一緒になった、元警官のバーナード・ザグ氏だった。

そしてその手には、露店で買ったらしい串焼きと缶ビールがあった。

予定では作戦開始は明日の朝だけど、昼過ぎの今から飲んでて大丈夫なんだろうか？

いや、昼過ぎだからかな。

「そりゃ本当かい？　だとしたらこっちの勝利は確実だね！」

モリーゼは、バーナードのおっさんからの情報に、楽しそうに反応していた。

「だからといって、油断はしねえほうがいいぜ」

「当たり前だよ！」

バーナードのおっさんは注意をするが、その手に缶ビールと串焼きがあっては説得力がない。

しかし今の話が事実なら、敵航空隊の排除任務は受けなくて正解だった。

降下の時に、マスコミの船を見かけたので、多分彼等《かれら》の近くには取材クルーがうろついているに違いない。

「ま。派手な空中戦は派手な連中にまかせて、俺達は地上部隊の航空支援任務という、地味な仕事をするだけだな」

そういって、バーナードのおっさんは串焼きにかじりついた。

いや。地味派手関係なく全部大事な仕事でしょうに。

まあ、理解した上での軽口だから問題はないからね。

2人との会話を終えると、炊き出しのパンと具だくさんのスープ、露店の串焼きと果物を買ってから自分の船に帰ろうとしたその途中に、ヒーロー君ことユーリィ・プリリエラ君の姿を見つけた。

幸いこっちには気がついていないので、僕から声をかける事なくスルーし、その場を離れることに成功した。


そうして船に戻ってくると、とんでもない事になっていた。

船が壊されたりしているわけでない。

僕の船の横で、いわゆる陽キャな感じの傭兵達がBBQ《バーベキュー》をしていたからだ。

BBQ自体は別にいい。

あちこちで似たような事をしているわけだし。

問題は、僕の船の入り口を、彼等の荷物が塞いでいたことだ。

こちらとしては、荷物を移動してもらう権利があるわけだけど、彼等が素直に応じるとは思えない。

しかし、船に戻らないと寝ることができない。

こうなったら彼等のBBQがお開きになるまで、時間を潰すしかない。

なので、チェックをしたテントの近くに行って、戦場になるであろう場所の情報や地図を見せてもらったり、地元の人達にその場所にある建物や施設の場所や、天候の移り変わり。断片的ではあるものの、テロリスト達の情報を聞いたり、奪還目標であるエネルギープラントの詳細を聞いたりと役に立つかもしれない情報を集めることで、時間を潰すことにした。

今はそこにある大型端末《ノートPC》を借りて、周囲の地図を腕輪型端末《リスト・コム》にダウンロードしているところだ。

その最中、不意に周囲が騒がしくなった。

その方角を見てみると、フィアルカ《レオパール》さんの姿があった。

ニコニコと笑顔を浮かべ、周りの連中をサッサッとあしらっていた。

あの美人さんなら色んな人から人気があるだろうから大変だね。

とか思っていると、

「こんにちはウーゾス様。先日以来でございます」

「あ……どうも……」

フィアルカ《レオパール》さんのメイドでアンドロイドのシェリーさんが話しかけてきた。

「事前の情報収集とは流石《さすが》でございますね」

「いえ。船に帰ろうとしたら、船の入り口を近くに居た人達の荷物で塞がれちゃって、時間を潰すためにここに来ただけなんですよ」

取り繕うこともないし、事実そのままを話した。

「これは私の推測ですが……船に帰ったら端末《ツール》で同じことをするつもりだったのではないですか?」

そう指摘してくるシェリーさんの仕草はまるで人間のようだった。

もちろん今の人工知能《AI》は人間と変わらないレベルだけど、起動してすぐのものはやはり何処《どこ》か作り物感があるけれど、長い期間稼動していれば、人工知能が学習することにより作り物感は消えていく。

おそらくシェリーさんもそうなのだろうけど、それにしたって妙に人間らしい感じがする。

「ええ……まあ……。どうせ暇ですからね」

「ご自分で調べるのがいいんですよ。御嬢様なんかいつも私にまかせきりなんですから。だから今日はここに連れてきたんですよ」

そういってため息をつくような動作をする。

頭部には髪の毛を模した、滑らかな金属板があり、顔は目の部分がレンズプレート状になっている以外は人間そのもので、口も開き、表情も変わる。

でも呼吸はしていない。

そんな彼女がため息をついているようにしか見えない。

それだけ長く、フィアルカ《レオパール》さんに使えているんだろうね。

「あーもう！　しつこいったらないわね！」

そこにうんざりした表情のフィアルカ《レオパール》さんがやって来た。

「お勤めご苦労様でした御嬢様」

「刑務所からの出所じゃないんだから止《や》めてちょうだいよ。まあ、地獄からの開放って意味ではそうかもだけど」

ニコニコしながらあしらっていたみたいだけど、やっぱり面倒臭かったんだろうね。

「あら。貴方《あなた》がこんなところにいるなんて珍しいわね」

「あ……どうも……」

そして僕に気がついたフィアルカ《レオパール》さんだけど、以前よりは柔らかい様子で話しかけてきた。

以前なら——なんで腰抜けがこんなところにいるのよ!?——とか言われてた感じだ。

やっぱり助けてあげたのが原因かな。

当たりが柔らかくなっただけでもありがたいね。

まあそのせいでさっきまでフィアルカ《レオパール》さんに話し掛けてた連中から物凄《ものすご》く睨《にら》まれているんだけども。

「ウーゾス様は御嬢様と違って、自主的に情報収集をなさってるんです。御嬢様も見習いましょうね」

「だとしてもここにこなくても情報収集は出来るじゃない」

「ここなら地元の人からの、電脳空間《ネット》にはない情報も手に入るかもしれないでしょう? さあ。御嬢様もご自分で調べましょうね」

「は〜い……」

フィアルカ《レオパール》さんは不承《ふしょう》不承《ぶしょう》といった感じで、その辺りに詳しそうな兵士《ひと》に声をかけにいった。

2人のやり取りを見ていると、主従というよりは親子か姉妹のように見えてしまう。

シェリーさんは、地元の兵士《ひと》と話しているフィアルカ《レオパール》さんを微笑《ほほえ》ましく見つめていた。


僕が情報収集を始めてから5時間が経過した。

途中からフィアルカ《レオパール》さんと接近した状態での大型端末《ノートPC》での検索や地元の人からの聞き取りを、針のむしろ状態で耐えきり、自分の船を置いてある所に帰ってみると、陽キャ連中の荷物が崩れていて、中に入れるようになっていた。

しかも彼等は酔い潰れて眠っているため、船に戻るなら今のうちだ。

音を立てないように荷物を避け、中に入る事ができた。

僕はほっと息を吐くと、しっかり鍵を閉め、シャワーを浴び、着替えをしてから簡易ベッドに倒れ込んだ。

つくづく、極小ながらもシャワー・ベッド・トイレ・レンジ・冷蔵庫をおくスペースのある戦闘艇にしておいてよかったと、心から思いながら、目覚ましをセットし、ベッドでラノベを読みながら、眠くなるのをまった。

モブ No.51

『地上支援部隊、聞こえるか！　俺様はトニー・イコライ！　ジャック・イコライ伯爵の息子だ！』

翌朝午前6時。

セットしておいた目覚ましのアラームが鳴った。

歯磨きをして顔を洗い、着替えをし、寝癖をなおしてから船の外に出る。

すると、昨日BBQ《バーベキュー》をしていた連中の残骸が残っていた。

つまり、BBQに使った炭・空き缶・紙皿・プラフォークやナイフといったゴミだ。

これを片付けるのは冗談じゃないので、無視して炊き出しのテントに行って朝食をとることにした。

特に知り合いに会うこともなく、朝食が終わって戻って来ると、陽キャ連中が伯爵の私兵達《たち》と口論をしていた。

その口論を尻目に、自分の船のチェックをすることにした。

燃料・弾薬の残量、レーダーの作動確認・各噴射口《ノズル》の作動確認などやっていると、

「ちょっとそこのキモデブ！　ここの掃除はあんたがやりなさいよ！　このゴミは全部あんたが出したんでしょ！」

陽キャの女の1人が、訳のわからない事を言ってきた。

「だよな。俺達が出したわけでもないのに掃除なんかする必要はねえよな」

一緒にいた男達も、同じような訳のわからない事をほざいてきた。

明らかに自分達が散らかしたくせに、なんでそれが僕の責任になるんだ？

まあようするに、こいつらは後片付けなんてものは自分達のする事では無いと本気で考えているんだろう。

学生時代、おんなじような連中に迷惑をかけられたからよくわかる。

が、彼等《かれら》はこの場に伯爵の私兵達がいることを失念しているらしい。

「勝手な事をいわずに自分達で掃除をしろ！　朝までゴミを大量に放置していたのはお前達だけだ！　それにお前達が昨日バカ騒ぎしていたのは、周りの連中に全て確認済みで私も確認している！　他人に責任を押し付けるな！」

伯爵の私兵達のリーダーがそう叱責すると、周りの連中までも彼等を睨《にら》み付けていた。

どうやら彼等は、昨日僕が色々と話を聞いている間に、周囲にかなりの迷惑をかけていたらしい。

流石《さすが》に周りからの視線には耐えられなかったのと、私兵とはいえ、代表者が彼等より上官だったのか、彼等は大人しく掃除を始めた。

が、彼等が腹いせになにをするかわからないので、点検が終了しても、彼等の掃除が終了するまでは点検しているフリをしていたが、伯爵の私兵達が監視していたのもあって、掃除が終了すると、大人しく自分の船の方に戻っていった。

最初に僕に訳のわからない事を言った女は、僕の隣に停泊させていた派手な船に戻っていった。

そうして点検を無事に終え、もし撃墜された時の為《ため》の、パラシュート付きサバイバルバックパックを装備してから操縦席に座った時に、地上部隊の航空支援任務についているメンバーにだけ一斉通信があった。

『地上支援部隊、聞こえるか！　俺様はトニー・イコライ！　ジャック・イコライ伯爵の息子だ！』

「あ！」

僕は思わず声をあげてしまった。

画面に映ったトニー・イコライと名乗ったイコライ伯爵の息子は、先日ガンショップで見たあの貴族子息だった。

まさかイコライ伯爵の息子だとは思わなかった。

イコライ伯爵は悪い評判はないらしいけど、親はともかく息子は……と言う貴族は少なくない。

どんな無茶をいってくるのかと思って身構えていると、

『今回俺がお前らの指揮官として指示をだす！　と、いいたい所だがよぉ！　俺様は何も口出しする気はねえから、地上部隊からの要請に従ってお前らで勝手に動け！　でも、地図に現状を書き入れて親父《おやじ》に報告しなきゃなんねえから、発見・交戦・撃破の報告だけは忘れんじゃねえぞ⁈　未来《みらい》永劫《えいごう》遊んで暮らせる金蔓《かねづる》を強奪されたままってのは許せねえ！　あれはいずれ俺の物《モン》になるんだ！

だから極力プラントは破壊するな！　いいな！　補給と報酬はたっぷり用意してある！　俺様の未来の財産を強奪し、未来の俺様の領民を殺そうとしやがったテロリスト共を確実にぶちのめしてこい！』

という、なんとなく中途半端な傲慢さと、地元への愛情？　を醸し出してきた。

『よし、そろそろ親父から話がある。全員、画面なり空中に視線を向けろ』

伯爵子息《トニー》がそういうと、立体映像《ホログラム》が空中に投影された。

空中に投影された映像には、50代くらいのイケオジが映っていた。

この人が、惑星テウラの領主・ジャック・イコライ伯爵だろう。

たしかにイケオジではあるが、貴族というよりは海賊団か傭兵《ようへい》団の親分といった感じの、ワイルドな感じの人物だった。

息子《トニー》とは目の感じが似てるかな？

その映像、近くにいる連中は本人を直接。に、全員が注目すると、伯爵が演説を始めた。

『傭兵・駐屯兵・私兵・民兵達よ！　よく集まってくれた！　俺がこの惑星テウラを預かってるジャック・イコライ。伯爵の地位を親父から受けついだ者《モン》だ。その俺が預かる惑星テウラに、テロリスト共が土足で上がり込んで、爺《じい》さんと親父と俺がやっとこ発見したトライダム鉱石の鉱脈を寄《よ》越《こ》せと抜かしやがったうえに、エネルギープラントの一部を占拠しやがった！　連中がどこのどいつらかは想像がつくが、盗人《ぬすっと》に違いはねえ！　初手は領民の避難を優先して後れをとった。だが！

領民の避難が完了したからには遠慮は要らねえ！　連中のケツを嫌というほどブッ叩《たた》いて、舐《な》めたマネをしたことを死ぬほど後悔させてやる！　ありがたい事に、帝国軍の第5艦隊と第7艦隊が連中の逃亡を防ぐべく、衛星軌道上に展開をしてくれている。その包囲は宇宙ゴミ《デブリ》1つ逃がしゃあしねえだろう！　では今からテロリスト共をぶちのめしに出発する！　遅れるんじゃねえぞ！』

見た目に相応《ふさわ》しいワイルドな演説をかまし、伯爵自《みずか》ら、近くにやって来た装甲車に乗り込んでいった。

え？　まさか自ら前線にいくの？

まあ、見た感じ行きそうだよね……。

その伯爵に続いて、地上部隊や航空隊が続々と出発していった。

混雑しているところに飛び出すと衝突しかねないので、周りの船が飛び去った後に、ゆっくりと離陸した。

航空部隊＝制空権奪還部隊はともかく、地上支援部隊は地上部隊に足並みを揃《そろ》えるので、エネルギープラントまでは少し時間がかかる。

そこでさっきの伯爵の演説の一部を思い出していた。

まさか第5艦隊と第7艦隊が惑星テウラを包囲しているとは驚いた。

こりゃテロリスト達を絶対逃がす気はないし、彼等の援軍を参入させるつもりもないのだろう。

第7艦隊は以前世話になったところだけど、第5艦隊は初だ。

まあ、顔を会わせたりすることはないだろうけど。

その第5艦隊だけど、かなりとんでもないらしい。

検索エンジンの『シラベ・ロカス先生』によると、
第5艦隊の司令官はルナリィス・ブルッドウェル少将。

珍しい女性の司令官で、爵位は伯爵。

美人で有能だけど、冷酷冷徹な合理主義者で、敵にも部下にも上官にも容赦がないらしい。

噂《うわさ》じゃ、あの親衛隊隊長のキーレクト・エルンディバー大将閣下を怒鳴り付けた事があるとかないとか。

彼女の旗下《きか》の連中は、貴族だろうが平民だろうが冷静で規律正しく、非効率な行動は一切取らないという。

噂だと、身分や階級を盾にしていじめや嫌がらせをしていた連中は、非効率生産者と称され、射撃訓練の的にされて蜂の巣になった。なんてのまである。

平民としては、差別や虐《いじ》めがないのはありがたいのかも知れないが、同時に訓練もめちゃくちゃ厳しいらしいので希望者は少ないそうだ。

ともかくそのおっかない艦隊が2つもバックに居てくれるのだから、宇宙からの援軍が湧いたり、逃げおおせたりする事はないので、安心して作戦遂行に集中する事にしよう。

モブ No.52

『射的ですかね。伸るか反るか《ロングショット》ですけど』

地上部隊の進行具合にあわせてゆっくりと飛んでいると、次第にエネルギープラントのあるエリアが見えてきた。

『こちら航空部隊。敵航空部隊を発見。これより交戦を開始する』

先行した航空部隊は、さっそく敵航空部隊と接触したらしい。

『おっぱじまったみてえだな。よし。本隊より地上支援部隊。それぞれ各地上部隊に何機か専属で付いてくれ』

『こちら本部。その際は報告を忘れんなよ！』

航空部隊の戦闘を皮切りに、伯爵から僕達《たち》地上支援部隊に指示が飛んできた。

そして本部からは、伯爵子息から注意が飛んできた。

ちなみに、本隊に本部とややこしいので、こちらの指揮系統を説明しておこう。

本隊：伯爵がいる全体の司令塔となる地上部隊。

本部：伯爵子息がいる、最初に停泊したところ。いわゆる本陣。地上支援部隊の本部でもある。
地上部隊：施設奪還部隊。今回の作戦の要。
航空部隊：敵航空戦力排除部隊。フィアルカ《レオパール》さんやロスヴァイゼさんやアーサー君がいる。
地上支援部隊：施設奪還部隊のサポート。つまり僕の所属部隊だ。

ちなみに、地上支援部隊を希望した傭兵《ようへい》は少なく、伯爵の私兵を含めても、35機しかいない。

この理由としては、——敵は航空部隊を大量に投入して、地上部隊を叩《たた》きにくる——という、事前情報があったからだ。

事実、レーダーにはかなりの航空機の反応があった。

そして、作戦の要である地上部隊は、本隊を含めて9部隊。

それぞれに4機ずつで付くことになったが、数の問題で、僕とバーナードのおっさんとモリーゼの3人は8番めのホテル《H》中隊の護衛につくことになった。

リーダーは年功序列でバーナードのおっさんにまかせ、僕はレーダーを睨《にら》みつつ進軍していった。

陽キャ連中のせいで船に戻れなかった時間に、色々聞いていたことが、それなりに役に立った。

昔盗賊団がいた頃のアジトだとか。

飲める地下水のある洞窟とか。

テロリスト達の隠れられそうな場所に当たりをつけ、そこの近くにビームを撃ちこんで様子見をするという方法で、隠れていたテロリスト達を炙《あぶ》り出していった。

幸いなことに、ホテル中隊の進軍ルートには、敵の地上支援部隊がおらず、時折潜伏した戦車隊がいたぐらいで、モリーゼの落下式の爆弾で吹き飛ばしたり、バーナードのおっさんのビーム掃射で蜂の巣にしたりと簡単な対処で済んでいた。

ちなみに航空部隊の方は相当派手にやらかしている。

報告によると、向こうも爆撃機を、しかもどうやって用意したのかわからないが、かなりデカイ奴《やつ》を出してきたらしい。しかも5機。

だがそれは、王階級《キングランク》の『漆黒の悪魔』とアーサー君の2人であっという間に撃墜したらしい。

アーサー君の船は白地に銀の縁取りがされているから、白と黒のコントラストはそりゃあ見栄えのするものだったろう。

他にもフィアルカ《レオパール》さんやロスヴァイゼさんや中二病のレビン君、『深紅の女神《クリムゾン・ゴッデス》』なんかは、以前のノスワイルさんの如《ごと》く、その光跡には敵機体の爆発が伴っているらしい。

おかげで、地上部隊を狙ってくる敵航空部隊はほとんどいなかった。

ありがたやありがたや。

☆　☆　☆

【サイド：フィアルカ・ティウルサッド】

「よし！　これで24機目！　トリッキーな動きをしない無人機でよかったわ！」

『御嬢様、4時方向に3、無人機です。高度は４５００』

「了解！」

シェリーからの情報に従って、私は4時方向に船首を向け、高度を上げる。

航空部隊＝敵航空戦力排除部隊専門の早期警戒管制機《エーワックス》はいるけれど、私の母船である『ウクリモ』にも同レベルのレーダーが搭載されているし、私の周りの事だけなら、シェリーに聞いた方が早いし的確なのよね。

なので『ウクリモ』は本陣上空1万ｍで待機してもらっている。

認証済みなので、第5・第7艦隊から攻撃もされないしね。

方向転換して直《す》ぐに、3機の無人機が接近してきた。

有人機ならともかく、無人機なら緊張することはないわね！

私はティウルサッド社製《うちでつくった》愛用のＳｉ－09『エガリム』艇名《コールサイン》『レパード』の操縦桿《ジョイスティック》を握りしめると、

機体の位置を調整し、すれ違いざまに3機の無人機を撃墜し、

「よしっ！」

軽くガッツポーズをする。

「今のところ、周囲に敵機の姿はありませんし、『奴』も近くにはいません」

「そう。なら一度補給に戻るわ」

『奴』というのは、『青雀蜂《ブルーホーネット》』の事で、あいつは今イコライ伯爵側で参陣している。

あいつも傭兵らしいので、参陣しているのは不思議じゃない。

でも、脱出用ポッドを撃ち落とそうとした事は絶対に許さない！

『奴』を見つけた瞬間から、シェリーに頼んで監視をしてもらっている。

怪しい動きがあったら、今度は必ず撃ち落としてやる！


本陣にある補給基地に到着すると、イコライ伯爵領のメカニック達が迅速に燃料と弾薬を補充し、簡単な機体のチェックまでこなしていく。

私はその間、５００㎖のスポーツドリンクを飲み干し、トイレにも行っておいた。

戦闘の最中にと思うかもしれないけど、意外と重要なのよね。

緊急時のためにサポートショーツは身に着けてはいるけど、使わないにこしたことはないし。

○サポートショーツ

男性用は通常のボクサーパンツ。女性用は通常のスパッツにしか見えないが、戦闘艇乗りの長時間の戦闘による尿意の限界や失神時の失禁対策として用いられる他、宇宙空間での作業・怪我《けが》や病気による身体の不自由や手術後の患者・身体の自由が利きづらい高齢者など、容易に排泄《はいせつ》が出来ない状況下にある際に用いられる。

私の戦闘艇Ｓｉ－09『エガリム』は、御父様《おとうさま》の経営する宇宙船製造を手掛けるティウルサッド社で造られた戦闘艇で、私が使っている機体は私用に改造したもので、艇名《コールサイン》は『レパード』。カラーリングはクリーム色に黒のライン。尾翼と主翼にマーク化した豹《ひょう》の横顔が抜かれている。しかし胴体の片方には、なぜかアニメ絵の豹の耳と尻尾のついた女の子が書いてあった。しかも何となく私に似ているので私は嫌だったのだけど、シェリーの――可愛《かわい》いじゃないですか――の一言でそのままになっているのよね。

そして補給と点検が終了し、再び参戦するべく飛び立ったところ、味方の早期警戒管制機《エーワックス》から信じがたい報告があった。
『サイクロンアイより全機へ。北西より反応5。大型の爆撃機と判明。繰り返す。北西より反応5。大型の爆撃機と判明。進路から見て本陣への爆撃、そのあとは後方にある市街地に向かうものと推測される』

大気圏内用の爆撃機を持ち出すなんて、どうやら相手はかなり周到な準備を重ねていたらしいわね。

私は、爆撃機のいるほうに機首を向けようとする。

すると、

『こちら「ディアボロス」。爆撃機をレーダーで確認。護衛もかなりいるようだ』

『「ウインドソード」です。同じくレーダーで爆撃機を確認。敵編隊の側面にいます』

王階級《キングランク》の中でも最強と名高い『漆黒の悪魔』ことアルベルト・サークルードと、確かアーサー・リンガードという新人が、爆撃機の近くにいることを報告してきた。

『こちらサイクロンアイ。『ディアボロス』『ウインドソード』の両機は爆撃機を排除してくれ。護衛機排除のための援軍も直ぐに送る。奴らの本来の狙いは市街地の可能性が高い。頼んだぞ』

『わかった』

『了解です！』

白黒の両機はそれだけ言うと送信を切った。

『サイクロンアイより全機へ。手の空いてる奴がいたら爆撃機の護衛排除に向かってくれ』

すると何機かが反応していたので、

『こちら「レパード」。すでに向かっているのでそのまま護衛の排除に移行します』

と、報告しておいた。

★　★　★

ともかく、僕らとホテル中隊は、着実にエネルギープラントに近づいていた。

が、その途中には、地元の人達から話に聞いていた、なんでもネキレルマ星王国建国時に、惑星上だけで戦争をやってたころに作られたという大型トーチカ・別名『ネイムス砦《とりで》』が立ちはだかっていた。

高さ30ｍ・直径80ｍの円形で、10ｔクラスの爆弾でもびくともしない上に、表面にはリフレックス処理がなされていて、ビームを弾《はじ》いてしまうらしい。

今現在では、元軍事施設なのもあって立ち入り禁止になっているらしい。

そして当然、テロリスト達はそれをトーチカとして使用していた。

『ネイムス砦から銃撃！　ありゃあ備え付けだった旧式のビームガトリングか？　錆《さ》び付いてたのを再生《レストア》しやがったな！』

『あそこ、兵士の幽霊が出るって噂《うわさ》あったよな……。そいつらが制圧してくれねえかな？』

地上部隊の連中が愚痴を飛ばしているところに、

『こちらホテルリーダー！　ネイムス砦からの攻撃苛烈！　援護を！』

地上部隊のリーダーから支援要請がきた。

『了解。本部への報告は頼むぜ』

『わかった！　早いとこたのむ！　これじゃ進軍できない！』

地上部隊との会話が終わると、バーナードのおっさんが、仲間内の回線で話しかけてきた。

『了解。とは言ったものの、どうする？』

『あたしの爆弾落としてみるかい？』

『弾の無駄だ。止《や》めておけ』

ちなみにモリーゼが積んでいる爆弾は、自然落下式で５００kg級のやつだが、多分効果はないだろう。

となれば、どうやってあのトーチカを黙らせるか。

多分今の装備ならできなくはないだろうけど、一《いち》か八《ばち》かになる。

とはいえ、やらないよりはいい。

『じゃあ、２人で銃眼のガトリングの注意を引いてくれますか？』

『何をする気なんだ？』

『射的ですかね。伸るか反るかですけど』

それを聞いて、バーナードのおっさんとモリーゼは、結構なスピードでネイムス砦の前を、右から左へ左から右へと飛び回った。

もちろん向こうからの攻撃もあるが、２人は華麗にかわしていく。

そうして連中の注意が２人に集中したところに、僕は２㎞ほどの距離から、砦の正面、銃眼の高さにスローイングナッツがくるように調整し、２人が通りすぎる寸前に、２発発射した。

そしてタイミングよく、２人が通った後に、スローイングナッツが銃眼に飛び込み、爆音が響いた。

トーチカには傷ひとつつかないだろうが、中にあるビームガトリングやそれを扱う人間はたまったものではないだろう。

案の定、ネイムス砦からの銃撃は止んだ。

とりあえず地上部隊に制圧をお願いしておこう。

「いつ復活するかわからないんで、今のうちに制圧をお願いします」

『了解！　トーチカ背後に回り込んで制圧する！』

ホテル中隊は迅速にトーチカに近づいていく。

内部の制圧は彼等《かれら》の仕事だ。

おっと、この事を本部報告しておかないと。

「本部。こちらホテル中隊付きの地上支援部隊。現在ネイムス砦は沈黙。ホテル中隊が内部を制圧中です」

『了解。よく沈黙させられたな。制圧が困難なら近い部隊を回すが？』

「そのへんはホテル中隊に直接聞いてください。私では判断ができませんので」

『わかった。続けて頼むぞ』

これで報告は完了。あとは制圧を待つだけだ。

ちなみに、本部の受け答えをしているのは、何人もいる通信兵《オペレーター》の人達だ。

まあ、あの伯爵子息に通信兵《オペレーター》の任務は不可能だろう。

少し落ち着けるかなと思ったところに、モリーゼから大声で通信が入ってきた。

『あんたやるじゃないか！　船での戦闘だけなら女王階級《クイーンランク》だね！』

「そりゃどうも……」

認めてくれるのは嬉《うれ》しいけど、モリーゼ《このひと》は苦手だ。

『あんた、やっぱりいい腕してたんだな。手柄を取った記念に一杯おごってもらわねえとな』

バーナードのおっさんは、にやにやしながらたかりを予告してきた。

生き残れたあとの祝勝会を思うと気が重い。

モブ
No.53

『貴方達、馬鹿なの？』

ネイムス砦《とりで》を攻略した後、奪還作戦は順調に進んでいった。

どうやら敵方は航空部隊に力をいれていたらしく、地上にあまり敵がいなかったのもあるだろう。

もしかしたら、ネイムス砦を頼りにしていたのかもしれないけど。

しかし、エネルギープラントに到着すると、それ以上奪還作戦は進まなくなった。

テロリストがエネルギープラントに立て籠ってしまったからだ。

エネルギープラントを破壊するわけにはいかず、威力を絞ったビームでも施設は壊れるだろうし、ミサイルなんか直撃したら大変だ。

こうなると、地上部隊に完全におまかせするしかなく、僕達《たち》地上支援部隊にできるのは、上空から敵の動きを伝えるのと、敵航空部隊からの味方地上部隊への攻撃を防ぐことだけだ。

その敵航空部隊を相手にしていた味方航空部隊の方も、敵主力は既に排除済みで、2割が残存部隊の捜索・追撃。あとの8割は周囲への警戒をしている。

その事により、ほんのりだけど時間ができたおかげ？　で、嫌なものを見てしまった。

あの『青雀蜂《ブルーホーネット》』を見つけてしまったのだ。

アーサー君や『漆黒の悪魔』、何よりフィアルカ《レオパール》さんと敵対していないところを見ると、どうやらこっち側らしい。

が、あんなのに絡まれたら冗談じゃないお！

幸い気がついてないみたいだから、無視するのが一番だ。

それにしてもテロリスト達はしぶといね。

占いの婆《ばあ》さんの話が真実なら、ネキレルマ星王国の軍隊が関わっていても、いや、軍隊そのものだったとしてもおかしくはない。

だとするとますます降伏は出来ないか。

もし純粋にテロリストだったら、歪《ゆが》んだ信念で固まってるだろうから、こっちも降伏はしなさそうだ。

彼等《かれら》は、ネキレルマ星王国《ほんごく》からの援軍を待っているんだろうけど、惑星周辺に展開していた第5第7の両艦隊により、ネキレルマ星王国のものっぽい艦隊を撃滅したという一報があったので、連中には援軍がくることはない。

このまま時間を掛ければ、エネルギープラントを奪還出来るのは間違いないが、どれだけ時間がかかるかはわからない。

これを待つのが私兵や駐屯兵といった軍人や、僕達傭兵《ようへい》だ。

民兵は、素人なだけにきちんと説明すれば、軍人や傭兵の指示にしたがってくれる。

あとはこのまま、テロリストの脱出を警戒し、地上部隊の活躍を待っていれば良い。

しかし、それを待てない連中がいた。

『おいテメエら！　なにやってやがる！　航空部隊は周囲の警戒を指示したろうが！』

不意に全体通信から聞こえてきた伯爵の怒鳴り声に、多分全員が辺りを見回した。

すると次の瞬間、何発ものビームがプラントに向かって一斉射されたが、幸いプラントに当たったりすることはなかった。

『連中に止《とど》めを刺せばデカイ戦果《ウォーリザルト》になるでしょ？　狙わなきゃ損よね！』

『戦争だぜ？　プラントの1つぐらい吹っ飛ばしても問題ねえだろうが！』

『さっさと終わらせて、シャワーとスパークリングワインが飲みたいのよ！』

その待てない連中。プラントを攻撃したのは、航空部隊に所属しているあの陽キャ達だった。

どうやら彼等には、軍規に従うとか、戦況を理解するといった思考はないのだろう。

伯爵の怒鳴り声など聞く耳をもたず、再度エネルギープラントを攻撃するべく、6機編成で旋回行動に入ろうとしていた。

そこにさらに怒鳴り声が聞こえてきた。

『プラントには地上部隊が突入してんだ！　連中まで吹っ飛ばす気か?!』

怒鳴り声の主は、伯爵子息のトニーだった。

本気で頭にきているらしく、ものすごい剣幕だった。

『戦争での尊い犠牲って奴《やつ》だ！』

『勇者になれるんだからいいでしょ？』

『だいたいそいつらが遅いのが悪いのよ！』

しかし陽キャの連中は、その怒鳴り声など気にする様子もなく、軽い口調で返答をしてくる。

どうやら、自分達の都合と願望しか見えていないらしい。

それにしても頭が悪すぎる。

全体の司令官がやめろと命令しているのにやめないとは正気の沙汰じゃない。

もしかすると。いや、もしかしなくても、あの陽キャ達は貴族の子息や令嬢なんだろう。

しかも、伯爵より上の貴族の子息か令嬢がいるんだろうな、あの様子だと。

占い師の婆さんは、ネキレルマ星王国の貴族よりマシなんて言っていたが、こっちにもバカはまだ残ってるじゃないか。

しかしここは戦場だ。

彼等のやり取りを聞いて、僕達地上支援部隊は、特に打ち合わせる事もなく、あの陽キャどもを撃ち落とす体制に入った。

戦場で命令違反をしたうえ、私欲のために仲間を殺すような連中は、撃ち落とされても文句は言えないはずだ。

初撃は、味方だった事もあって不意を突かれたが、次はない。

しかし次の瞬間。

閃光《せんこう》が煌《きら》めき、陽キャ達の船に爆発が起こった。

しかも、不時着できるぐらいの破壊で止《とど》まっていた。

『きゃあ！』

『くそっ！　敵か？　周りの連中はなにやってんだよ！』

『いや？　味方機か？　なんで俺達に攻撃するんだよ！』

自分達の行動を棚にあげて文句を言う彼等に、攻撃をした張本人が声をかけた。

『貴方《あなた》達、馬鹿なの？』

その攻撃をしたのは、『深紅の女神《クリムゾン・ゴッデス》』の異名をもつ、マリーレヒート・ルイヒェン・ファリナー嬢だった。

ピジョンブラッド色の髪に金の瞳、白い肌、モデルも裸足《はだし》で逃げ出すスタイル抜群の長身美女の彼女は、以前同様の見た目どおりの艶っぽい声だった。

『エネルギープラントを奪還するために尽力してるのに、それを嬉々《きき》として破壊しようだなんて。おまけに地上部隊もろともとか、なにを考えてるの？　とりあえず、そのまま大人しく不時着しなさい』

ファリナー嬢は至極まともな事を言ったと思うのだけど、彼等は理解していないらしく、

『なにしてくれるのよ！　傭兵の分際で！　私はルスブル侯爵令嬢なのよ！　あんたなんか御父様《おとうさま》に頼んで直《す》ぐに処罰してやるわ！』

僕の横に船を置いていた、お貴族様らしいあの陽キャ女が、イラついた口調で生家の階級でマウントをとろうとしていた。

他の連中も、彼女になにやら罵声を浴びせているが、音が割れてよく聞こえない。

そこに、伯爵が怒りを隠すことなく連中を怒鳴り付ける。

『おい、ルスブルの小娘を始め預かったガキ共！　駐屯兵であるテメエらのやろうとしたことは重大な軍規違反だ。相当の処罰を覚悟しとけ！』

どうやらあの陽キャ達は、傭兵じゃなくて駐屯兵だったらしい。

船や服装が派手だったから、てっきり傭兵だと思っていた。

『そんな?!　私は侯爵令嬢なのよ？　どうして咎《とが》められるのよ！』

『テメエらがやろうとしたのは、帝国のエネルギーの屋台骨を破壊する行為だって理解してねえようだな。偶然や不可抗力ならともかく、自分の意思で破壊するとなりゃあ、爵位に関係なく死刑になる事もあるんだよ。とにかくさっさと船を地上に下ろせ！　下りねえなら、エネルギープラントへの攻撃の意思ありってことで、裏切り者《スパイ》として撃ち落とすぞ！』

伯爵の迫力にビビったらしい陽キャ貴族女とその仲間達は、プラントがあるところからかなり離れたところに不時着していった。

それから1時間ほどしたころ。

これ以上は無理だと判断したテロリスト達が、仲間の1人を捕縛して白旗をあげてきた。

なんでも、捕縛された1人がリモート式の爆弾を仕掛けて、自分だけが逃げ出してから、仲間ごとプラントを爆破しようとしたらしい。

そのため彼等はそいつ＝テロリストリーダーを捕縛し、投降してきたらしい。

こうして、今回のテロリスト退治はなんとか終了した。

モブ
No.54
「じゃあ人生の先輩のアンタに奢ってもらおうじゃないか！　みんな！　露店にいくよ！　飲み放題だ！」

テロリスト達《たち》が捕縛され、陽キャ貴族達も捕縛された後、本陣では夕方から盛大に祝勝会が行われていた。

特に『漆黒の悪魔』『深紅の女神《クリムゾン・ゴッデス》』『羽兜《はねかぶと》』『女豹《レオパール》』の４人は大量のマスコミに囲まれていた。『青雀蜂《ブルーホーネット》』だけは姿を確認できなかったけどね。

ちなみにランベルト・リアグラズ＝イキリ君は緊張しまくってたけど、後の３人は慣れている様子だった。

アーサー君にもマスコミが群がっていて、セイラ嬢がべったりと張り付いて彼女アピールしてたね。

その最中、僕は燃料と弾薬を補充し、預けてあった陽子魚雷《プロトントーピード》を返却してもら……えなかった。

あの陽キャ達が、僕や他の人達が預けていた陽子魚雷《プロトントーピード》を、勝手に持ち出していたらしく、荒野に不時着した際に砂ぼこりが入った可能性があるから、チェックをしてから返すと言われてしまったからだ。

砂ぼこりが入ることはないと思うが、念のためということらしい。

陽子魚雷《プロトントーピード》は基本消耗品なので、新しく買い替えてもかまわないのだが、それなりの値段なので、返却してくれるまで待つことにした。

本当なら自分達も祝勝会に参加したいだろうに、安全のためにと整備点検をしてくれる整備兵の人達には本当に頭がさがる。

報酬は後日傭兵《ようへい》ギルドに送られてくるので、本当は祝勝会が始まる前に帰るつもりだった。

祝勝会に参加して、変なの、特に顔も知らない『青雀蜂《ブルーホーネット》』なんかに絡まれたりしたら、たまったものじゃない。

なので、船を整備場の近くに停泊させ、本陣で参戦者名簿のチェックを済ませると、帰り道にある露店で串焼きをいくつか買った後、船にもどった。

整備場は本陣中心部から離れているため、喧騒《けんそう》は小さく聞こえる。

僕は買ってきた串焼きとコーヒーと乾パンで食事をすませると、しっかり戸締まりをし、簡易ベッドに横になってラノベを読み始めた。

☆　☆　☆

【サイド：アーサー・リンガード】

ようやくマスコミから解放されると、どっと疲れが襲ってきた。

はっきりいって、敵を撃ち落とすより、マスコミ対応の方がつらい。

「大丈夫ですかアーサー様?」

「ちょっとヤバいかも……」

「では、もうテントに戻りましょう」

「そうだね」

セイラも心配してくれたので、早めにテントにもどろうとしていた所に、バーナードさんとモリーゼさんとレビンがやってきた。

「よう坊主。その様子だと、マスコミに集《たか》られたみたいだな」

「戦闘より疲れました……」

バーナードさんは、アルコールの入っているらしいカップを手にしていて、

「相変わらずそいつを連れてんのかい?　たまにはあたしなんかどう?」

モリーゼさんはいきなりヘッドロックをかけてきた。

胸が顔に当たるし、耳元で囁《ささや》かれると、変な気分になってしまう。

「くっ……苦しいから放して下さい」

「モリーゼさん!　わたしのアーサー様にくっつかないでください!」

「おーこわ。冗談だよ冗談」

セイラがモリーゼさんに一喝すると、モリーゼさんはすぐに離れてくれた。

また捕まってはたまらないので、近くにいたレビンに話しかける。

「やあ。いい戦果《ウオーリザルト》だったらしいね」

「まあな。『黒』『赤』『青』『羽兜』『女豹《レオパール》』の5人には敵《かな》わねえけどな」

レビンとは、拳を合わせる挨拶をする。

これは彼に教えてもらった挨拶だ。

「あの5人か……。特に『黄緑の羽兜』は次元がちがうね」

「『赤』も凄《すご》いよな。あのバカ共を、戦闘能力を奪った上で不時着できるぐらいは動けるようにするのは、なかなか難しいはずだ」

「ウーゾスさんならできそうだけど」

素晴らしい実力を持つウーゾスさんなら、やってしまうかもしれない。

そんなことを考えていると、

「たしかにあいつはいい腕してるわよね。2kmは離れたとこから、トーチカの銃眼にミサイルを綺《き》麗《れい》に飛び込ませたからね」

モリーゼさんがウーゾスさんの戦果《ウオーリザルト》を報告してきた。

にわかには信じられないけれど、モリーゼさんが嘘《うそ》を言う必要はないので、真実なのだろう。

「それだけの腕があって、どうして騎士階級《ナイトランク》に留《とど》まろうとするんでしょうか？　面倒だからというのはなんとなくわかりますが」

僕は、前から思っていた事をモリーゼさんに尋ねてみた。

「あたしと一緒さ。司教階級《ビショップランク》からは色々面倒臭いのが増えるし責任も増えるからね。騎士階級《ナイトランク》の方が気楽でいいのさ」

その答えは、以前セイラが聞いたものと同じで、モリーゼさんも騎士階級《ナイトランク》で留まってる人なのが発覚した。

「それで本人は？」

「帰っちまったんだろうぜ。奢《おご》らせるつもりだったたのによう」

「普通はあんたが奢るんじゃないのか？」

「俺は新人だぞ？　奢るのは先輩の義務って奴《やつ》だ」

レビンが、バーナードさんにウーゾスさんの事を聞くと、なんとも都合のいい答えが帰ってきた。

するとその主張に、モリーゼさんが乗っかっていった。

「じゃあ人生の先輩のアンタに奢ってもらおうじゃないか！　みんな！　露店にいくよ！　飲み放題だ！」

「ちょっとまて？　あんたザルで有名だって聞いたぞ！　やめろ！　報酬がなくなる！」

露店に向かうモリーゼさんをバーナードさんが必死の表情で引き留めようとする。

まあ、こんなのも傭兵同士のやり取りのひとつなのだろう。

★　★　★

翌朝。日がまだ昇りきらないうちに、整備場に向かい、陽子魚雷《プロトントーピード》を受けとると、あの陽キャ達がどうなったかを尋ねてみた。

侯爵令嬢は、父親の名前をだして抗議したらしいけど、伯爵には通用しなかった上に、侯爵《ちちおや》から縁切りをされたらしい。

その仲間達も似たような状態で、侯爵令嬢共々正規の軍人（階級は侯爵令嬢が大尉・他は中尉・少尉）であったために、軍法会議にかけられるらしい。

さらには、それを不服として逃亡しようとしたらしく、罪がさらに重くなったそうだ。

まあ、当然の結果かな。

朝早い時間ではあるが、すでに働いている人達はいっぱい居たりする。

炊き出しをしている人達や、食事を提供している露店の人達だ。

特に露店の人達は、売れるだけ売っておこうという考えらしい。

どちらにしても、朝食を提供し終えたら撤収を始めるそうだ。

せっかくなので朝食をもらって、備え付けのテーブルでいただいていると、誰かが目の前に座った。

まさかヒーロー君かと思ったが、違う人だった。

違う人だったが、とんでもない人が来てしまった。

掛け値なしのイケメンというのをご存知だろうか？

僕みたいな、芸能人の俳優や女優に一切興味のない人間からみても、『ああ、この人はイケメンなんだな』と、わかるくらいの人物が、僕の対面に座ったのだ。

ちなみに、掛け値なしの美少女というのもあるが、お目にかかったことはない。

年齢は高校生ぐらい、私服だった陽キャ達と違い、きちんと軍服を着ているから、駐屯兵か伯爵の私兵なのがわかる。

するといきなり、

「昨日は大変だったなぁ……」

と、割りと大きめの声をだした。

なんだ？　なんでいきなり話しかけて……きたわけではなさそうだ。

コミュ障気味の僕としては、見知らぬ人から急に話しかけられるのは非常に辛《つら》いので、話しかけられてないのはありがたい。

話しかけられてないはずなのに、

「一族全体が軍人の家系で、父や叔父達全員が酒飲みで酒癖が悪い人が多いから後片付けとか介抱とか本気で大変なんだよなぁ……。尊敬している人達だけに怒鳴るわけにもいかないし……はぁ……」

謎のイケメン少年は、かなり疲れた表情をしながら盛大な愚痴を言った後、本気のため息をついた。

そのため息の理由はわからなくもない。

未成年が酒の席に居てもつまらないだろうし、親族ということで逃げ出すことも出来なかったんだろう。

何より軍での階級が上なのだろうから、叱責も出来ないんだろう。

だとしても、なんでその愚痴を初対面の僕に聞かせるように話しはじめたんだ？

あれか。こっちから『どうしたんですか？』と、話しかけられるのを待ってる状態なのか？

それなら実に迷惑な話だ。

それとも、誰にも言えない愚痴をこの場で吐き出してるだけか？

それだったら、もう少し小声にして欲しいし、早いとこ病院にいったほうがいいと思う。

まあ、ここにいるってことは、作戦の参加者なわけだし、なんか苦労してるみたいだから、スルーしてやるかな。

それから5分ほどで食事を終えると、イケメン少年をそのままにしてその場を後にした。

誰かに捕まらないか心配だったが、早朝な上に、大半が酔いつぶれて寝ているため、ちょっとのことでは起きない。

なので、足早に船まで移動すると、早々に船に乗り込んで惑星テウラを後にした。

☆　☆　☆

【サイド：フィアルカ・ティウルサッド】

昨日は大変だった。

戦闘が終了したばかりの戦場なのに、マスコミが殺到してきたからだ。

これでまだ
――戦況はどんな感じだったんですか？――とか、

――敵の思惑みたいなものは感じられましたか？――とか、

――再度の進攻はあると思いますか？――とかの、真面目よりの質問をして来るならともかく、

――好きなブランドは？――とか、

――好きな異性のタイプは？――とか、

――恋人は居るんですか？――とかのゴシップ的な質問ばっかりで本当に嫌になったわ。

今は、シェリーと一緒に今回の奪還作戦の指揮を取ったのイコライ伯爵に挨拶をしに行くところ。

イコライ伯爵は父オーバルト・ティウルサッドと面識があり、私も子供のころから何度もお会いしたことがあるのよね。

顔は怖かったけど、優しそうな雰囲気の方だったわ。

ちなみにご子息のトニー・イコライには、初対面の時にスカートをめくられたので思いっきりビンタをした記憶がある。

怒られるかと思ったけど、逆にトニー・イコライの方が——女の子のスカートをめくるとは何事だ！——と、伯爵から拳骨《げんこつ》を食らっていたのをよく覚えてるわ。

そんなことを思いだしながら、屋台街の椅子とテーブルが置いてあるところの近くに来た時、突然シェリーが私を守るように私の前に立った。

「ちょっと。どうしたのよシェリー？」

「あの男」

そう言ったシェリーの視線の先を見ると、見たことのない軍服を着た、まだ学生っぽい、整った顔の少年がいた。

「あの男の子がどうかしたの？」

「あの男が『青雀蜂《ブルーホーネット》』です。機体が帰還して、船から降りた時の姿を確認しています」

「ふうん……」

シェリーから少年の正体を聞いた私は、沸々と怒りがこみ上げてきた。

傭兵であるのだから、敵味方に分かれる事があるのはよくある。

だから今味方側にいることにも文句はないわ。

格闘戦《ドッグファイト》で敗北した悔しさもある。

けれどもそれ以上に、今は禁止されている脱出用ポッドを使用させないようにして撃墜しようとする卑劣な行動をしたことに腹が立っていた。

戦場で何を甘いことをと、思うかも知れないが、戦場にも僅かながらルールがある。

それすら守れない者に対して、怒りを覚えても悪くはないわよね。

こちらから喧嘩《けんか》を仕掛けてもいいけど、わざわざ騒ぎを起こす必要もない訳だし、なんか疲れてるっぽい彼に、女の子が何人かすり寄っていったから放っておきましょう。

【特別編】私の平穏な1日

☆　☆　☆

【サイド：スクーナ・ノスワイル】

私の所属するプラネットトレースチーム『クリスタルウィード』が購入した、トライエア社製のプラネットトレース用マシン『バイオレット・ドンナー』の慣らし運転をするために、直径約1万2700km・外周は約4万kmあり、その惑星表面の約1〜2万m（10〜20km）が海水で満たされ、陸地と呼ばれる部分がない、この惑星ラミダンにやって来た。

そして今日の分の慣らし運転を終え、惑星ラミダンの惑星水面から約上空1万mにある、巨大な浮遊板都市《プラットホームシティ》の一つである『ヘプタ』に戻ってきた。

ここが今回の私達《たち》の宿泊場所であり、今から私がアエロとフィノちゃんに晩御飯をおごるためのレストランがあるところでもある。

「いや～～まさか最後のコーナーでバランスを崩すとはね～～」

アエロは、パンプスにスリットの入ったミニのタイトスカート。オフショルダーのブラウスに変装用のサングラス。

「もうちょっとタイムを縮めようとしたのが裏目にでたわ……」

私はパンプスにロングパンツ。アエロと一緒に買ったワンショルダーのトップスにベレー帽に変装用のサングラス。

「あの……私まで付いてきてよかったんですか？」

ニコニコしているアエロの後を申し訳なさそうに歩いているのは、最近メカニックとして入ってきたフィノちゃんこと、フィノ・フォルデップ。

サーダル宙域でのゲート襲撃事件の時に縁があって私達のチームに加わった女の子て、栗色《くりいろ》の髪を短いポニーテールにし、パンプスにフレアスカートにブラウスという可愛《かわい》らしいコーデをしている。

私とアエロは一応軽く変装しているが、彼女はそのままで問題はない。

小柄で可愛らしい印象の彼女は、メカニックとしての腕もなかなかで、チーム内でも頭角を現している。

しかしチームメンバーがもっとも彼女の実力を目の当たりにしたのは、着痩せするためなのか、服を着ているときはわからなかったけれど、シャワールームで見たものすごいバストだった。

あの他人の胸に顔を埋《うず》めて、グリグリと擦り付ける悪癖をもつアエロですら圧倒され、思わず拝んでしまったほどだ。

「いーのいーの！　№1レーサー様の懐が、このぐらいでこたえるわけないんだから♪　それに迷惑もかけちゃったしね……」

慣らし運転のときに、アエロに乗せられて勝負をして、アエロに負けてしまった。

そのアエロは私に勝ったといって浮かれた結果、機体を浮遊型の車両整備基地《ピットベース》の壁にぶつけてしまい、彼女に余計な仕事を増やしてしまった。

そのお詫《わ》びとして、アエロが食事に誘ったのだ。


そうこうしている内に、アエロが予約した『ステーキハウス・エルナト』に到着した。

チェーン展開のステーキ店の中では美味《おい》しいと評判で、ここ以外の惑星でも、行く機会の多いお店だったりする。

アエロが私の名前を使って予約したためか、お店の人が気を使って個室に案内してくれた。

でも、個室に入るまでに変装がバレてしまい、私とアエロはお客さん達に握手とサインと写真をねだられてしまった。

プライベートだからと断っても構わないとは思うけれど、――せっかく応援してくれてるのに、冷たく対応する必要はないでしょ――というアエロの持論には共感できるので、私はアエロと一緒に快く応じた。

しかし、

「見ろよ！　プラネットレーサーのスクーナ・ノスワイルとアエロ・ゼルリア・ティンクスだぜ！」

「マジか！　せっかくだからお近づきになろうぜ！」

他のお客さん達がキチンと並んでくれているところに、個室から現れた2人組の男性が、ほかの人達を強引に押し退《の》けて近寄ってきた。

「あんたらファンサービスに熱心みたいだからよ、俺達にもサービスしろよ♪」

「そうそう。ファンは大事にしねえとな♪」

2人ともかなり酒臭く、それぞれが私とアエロの腕を摑《つか》んできた。

「お客様！　そういった行為は他のお客様のご迷惑になるのでお止《や》めください！」

それを見た女性の店員さんが止めようとするのだけれど、

「うるせえんだよ！」

「きゃあ！」

私の腕を摑んでいる男が、店員さんを蹴り飛ばしたので、その男の足を払い、さらには摑まれた腕を使って相手の関節を捻《ひね》りあげ、男の身体《からだ》の正面を床に叩《たた》きつけ、その首に膝を押し付けて拘束した。

「うぐっ！」

「無意味に暴力を振るうものじゃないわね」

「てめえなにしやがる！」

それを見たアエロの腕を掴んでいた男が、仲間を助けるために私を殴ろうとアエロの腕を放したので、アエロはその男に足払いをかけながら相手の腕を取り、相手を一回転させて床に叩きつけると、男は「ぐべっ！」という悲鳴を上げた後、気絶してしまった。

「とりあえず警察と救急を呼んでくれる」

店員に警察と救急への連絡を頼むと、

「お……おまえら……。警察なんか呼んだら、お前らの暴力行為をマスコミにバラすぞ！」

私が拘束している男が、下卑た笑みを浮かべてきた。

つまり、マスコミに今の私達の暴力行為を知られたくなければ自分達を解放しろと言ってきたのだ。

するとアエロが、

「別にいいわよ。あんた達みたいなチンピラを退治したなら、称賛はされても非難なんかされるわけないでしょう？」

と、笑顔で返答した。

それから直《す》ぐに警察がやってくると、男達は――自分達がちょっと声をかけたらいきなり投げ飛ばされた――と、発言したが、フィノちゃんとお客さんの何人もが映像を撮影していたため、男達の発言は即座に嘘《うそ》とわかり、即座に逮捕・連行されていった。

アエロは、撮影してくれている人達がいるのを知ってて、あんな台詞《せりふ》が言えたのだろう。

そうして警察が帰ったあと、私達のせいでお店に迷惑がかかったので帰ろうとしたところ、店長さんらしい男性と数人の店員さん達が、私達の前に整列して頭を下げてきた。

「ノスワイル様。あの様な場合、私どもが対処しなければならないのに、矢面に立たせる事になってしまい、誠に申し訳ございません」

「いいえ。私達が素早く個室に移っていればあんなことにはならなかったわけですから……」

そうやって私と店長さんがお辞儀の応酬をしていると、

「なにいってるのよ。一番悪いのはあの連中でしょ！　お店も私達もなんにも悪くないわ！」

アエロがどや顔でそう言い切った。

「そういっていただけると、誠にありがたく存じます。その御詫びといってはなんですが、今回御予約いただいた『スペシャル高級肉尽くしコース』3人前を店側から無料で御提供させていただきたく存じます」

そういって、店長さんと店員さん達は丁寧にお辞儀をしてきた。

「本当に！　じゃああありがたくいただきましょう♪」

それに喜んでいるアエロの肩に、私はポンと手を置いた。

「ねえ。たしか予約したのは『スタンダードステーキコース』のはずよね？」

「た……タダになったんだからいいじゃない……」

アエロは目を反らしながら誤魔化そうとする。

『スペシャル高級肉尽くしコース』は、払えなくはないけど、後々お財布に響いてくるからリーズナブルなコースにしたはずだ。

「じゃあ今回の勝負のおごりはこれで達成ね♪」

私はアエロの両肩を掴んでそう宣言した。

「わかった……。これでおごりは達成したわ……」

勝手に高いメニューを注文したんだから文句は言わせない。


ちなみに『スペシャル高級肉尽くしコース』は最高に美味しかったために、

「これも私が予約したおかげよ！　感謝しなさい！」

と、アエロが懲りてない感じで調子に乗った。

あとがき

またお目にかかった方こんにちは。

はじめましての方はじめまして。

土竜《とりゅう》と申します。

今回イラストでお目見えしたシェリーさんですが、私のイメージでは瞳の虹彩《こうさい》が無い、レンズがはめ込まれたような、もう少しメカメカしい外見でした。

しかしながら編集さんから「それは可愛《かわい》くないからやめましょう」と提案されました。

ですが私にもそれなりにこだわりがあったため、話し合いが煮詰まってしまい、こうなったらイラストレーターのハム様にとりあえずイラストに起こしてもらおうという話になりました。

そしてその出来上がったイラストを見て、こだわりはどこへやら、手のひら返し一発ＯＫという、イラストの力を思い知らされる事がありました。

また、２巻のヒロイン（？）の一人であるアルフォンス・ゼイストール……嬢（？）の姿もお目見えしましたが、かなり上品な感じになっていました。

この見た目で優しくされたら、辛い状況だったユーリィ君はコロッといくし、男性用の制服を着ていても気が付かないよなと実感しました。

私の視点では気が付けない所を指摘していただける編集のO様。

私が想像した以上にキャラクターを魅力的に生み出していただけるイラストレーターのハム様。

何よりも読者の皆様には感謝の念が絶えません。

これからもよろしくお願いします。

ところで有償特典のフィアルカさんは本当に大丈夫なんですかねぇ……。

土竜

作品のご感想、
ファンレターを
お待ちしています

あて先

〒141-0031　東京都品川区西五反田8-1-5 五反田光和ビル4階
ライトノベル編集部
「土竜」先生係／「ハム」先生係

スマホ、PCからWEBアンケートにご協力ください

アンケートにご協力いただいた方には、下記スペシャルコンテンツをプレゼントします。
★本書イラストの「無料壁紙」　★毎月10名様に抽選で「図書カード（1000円分）」

公式HPもしくは左記の二次元バーコードまたはURLよりアクセスしてください。
▶ **https://over-lap.co.jp/824007131**
※スマートフォンとPCからのアクセスにのみ対応しております。
※サイトへのアクセスや登録時に発生する通信費等はご負担ください。

オーバーラップノベルス公式HP ▶ **https://over-lap.co.jp/lnv/**

OVERLAP NOVELS

キモオタモブ傭兵は、
身の程を弁（わきま）える 2

発　行　2024年1月25日　初版第一刷発行
著　者　土竜
イラスト　ハム
発行者　永田勝治
発行所　株式会社オーバーラップ
〒141-0031
東京都品川区西五反田 8-1-5
校正・DTP　株式会社鷗来堂
印刷・製本　大日本印刷株式会社

ISBN 978-4-8240-0713-1 C0093

【オーバーラップ　カスタマーサポート】
電　話　03-6219-0850
受付時間　10時〜18時（土日祝日をのぞく）

コミカライズ
連載中!!
お気楽領主の
okiraku ryousyu no tanoshii ryouchibouei
楽しい
領地防衛
～生産系魔術で名もなき村を
最強の城塞都市に～
Sou Akaike
赤池宗
illustration 転
ハズレ適性の生産魔術で
辺境を最強の都市に!?
転生者である貴族の少年・ヴァンは、魔術適性鑑定の儀で“役立たず”とされる生産魔術の適性判定を受けてしまう。名もなき辺境の村に追放されたヴァンは、前世の知識と“役立たず”のはずの生産魔術で、辺境の村を巨大都市へと発展させていく――！
OVERLAP
NOVELS